JOSEPH MAGNAN-CORRÉARD

# Le Livre des Magnan

*Bibl. Méjanes, mss 818.*

AIX-EN-PROVENCE
JOSEPH BRUN, IMPRIMEUR, 20, RUE MANUEL

1919

# LE LIVRE DES MAGNAN

JOSEPH MAGNAN-CORRÉARD

# Le Livre des Magnan

*Bibl. Méjanes, mss 818.*

AIX-EN-PROVENCE
JOSEPH BRUN, IMPRIMEUR, 20, RUE MANUEL

1919

## DU NOM DE MAGNAN

Le bon poète DIOULOUFET écrivant en provençal a recueilli dans un poème sur les vers à soie édité à Aix en 1819, *leis Magnans*, une belle légende.

Le roi René, raconte-t-il, se promenait un jour dans la banlieue de sa capitale, lorsqu'il rencontra une jolie bergère tout en pleurs qu'entourait son troupeau. Pressée de questions Laure apprend au promeneur qu'elle aime un beau garçon, Méri Magnan, fils d'un riche paysan, mais qu'elle et sa mère étant bien pauvres, le père de Méri ne saurait consentir au mariage. Le jeune homme s'est engagé dans les troupes qui allaient tenter la reprise de Naples ou de la Sicile. Le roi dispense Méri de son engagement, il dote Laure, les marie, les installe à sa Grande Bastide et les charge de faire l'essai de graines de vers à soie qu'il vient de recevoir.

> Meri, sies libre et sies plus moun sourdat ;
> Sares farmiers de ma Grando Bastido,
> Vous fournirai touteis leis capitaùs.
> Ai reçu d'huous de certains animaùs :
> Veici lou temps ben leù de l'espelido.
> Vous apprendrai coumo faudra nourrir
> D'oou vermenoun la pichoto familho.
> M'an manda aquo coumo uno miravilho.
> Es uno esprovo et foou la reussir.
> . . . . . . . . . . . . . . . . . . . . . . . . . . . . . . .
> Lauro Magnan es la bello premiero
> Que gouvernet dins uno magnaniero
> Aqueu bestiari, et soun noun li dounet.

> (*Bibl. Méjanes*, **F.** *969*)

Méri Magnan, vulgarisateur des vers à soie en Provence, leur aurait laissé son nom. Dioulonfet assure avoir inventé cette histoire; elle a été trouvée ingénieuse et a fait fortune. Jules Magnan (1811-1893) chef d'un rameau marseillais de la famille dont nous parlerons plus loin, voyageait un jour en diligence. Un de ses voisins entendant qu'on l'appelait MAGNAN, en prit occasion de lui déclarer qu'à son avis les hommes du nom de Magnan ne tiraient pas leur nom du ver à soie, mais qu'au contraire c'était le ver à soie qui avait été baptisé du nom du premier éleveur qui fît commerce de sa graine.

Jules Palais, représentant du chocolat Menier à Marseille, a rapporté la même tradition en 1909.

Et cette opinion sur l'origine du nom du précieux tisseur n'est pas invraisemblable. C'est en Provence seulement que le ver à soie s'appelle *magnan*. En Portugal, en Italie et en Grèce on le nomme *bombyx* ; en Espagne, *gusano de Seda* ; en Roumanie, *Guindac de Mâtase* ; en Chine et au Japon...

C'est une quasi-certitude que le ver à soie a été baptisé *magnan* par des Provençaux ; mais ce qui est sûrement inexact, c'est l'époque à laquelle Dioulonfet place l'introduction du ver à soie en Provence.

Le comte de Gasparin (*Essai sur l'histoire du ver à soie en Europe*, 1841) après avoir étudié le développement de la sériciculture en Italie, dit : « A la fin de ce (XIIIᵉ) siècle on trouve des traces de manu-« facture de soie à Marseille, et le ver à soie ne tarda pas à suivre, « car en 1345 Roland, sénéchal de Beaucaire, envoyait à la reine « Jeanne de Bourgogne douze livres de soie de Provence teintes de « douze couleurs différentes. A Avignon les fabriques de soie remon-« tent au séjour qu'y fit la cour pontificale (1309-1379). Tout concourt « à faire penser que l'introduction du ver à soie et du mûrier eurent « lieu sous les pontificats de Benoît XII et de Clément VI. »

Or Benoît XII, qui fit bâtir le palais des Papes, régna de 1332 à 1342, et Clément VI, qui avant son élection se nommait Pierre ROGER, et qui pape acheta Avignon à la reine Jeanne, régna de 1342 à 1352. Nous voilà reporté de cent ans et plus en arrière du roi René, de

Méri Magnan et de Laure. Mais la légende de Diouloufet conservera néanmoins un fond de vraisemblance, si nous montrons que les familles du nom de Magnan habitaient la Provence plus anciennement que le ver éponyme.

Voici des dates :

En 1220 une famille Magnan habitait Guillestre en amont d'Embrun ; elle s'y est continuée plusieurs siècles, elle a essaimé à Grenoble et en d'autres points du Dauphiné. En 1304 le compte du Clavaire royal de Sisteron mentionne deux Magnan à Bayons, d'autres les années suivantes à Venteyrols, à Mison, à Salignac, à Sisteron.

Qu'un rameau ait été dès lors transplanté à Avignon ou à Marseille et qu'il y ait donné essor à l'industrie nouvellement venue d'Italie, c'est très possible.

Qu'on nous permette maintenant une excursion à travers les dictionnaires.

MAGNAN en vieux français a le sens de CHAUDRON. Godefroy en son dictionnaire du vieux français cite deux textes à l'appui : « Item « autres menues coustumes, c'est assavoir des magniens, des seilles, « des fruiz. (1342, art. JJ. 105, pièce 316). Des peaux, à layne, du « chanvre, des maignanz, des seilles, etc. (1342, arch. K. 49, « pièce 58). »

On lit dans le dictionnaire étymologique de Ménage : « En plu- « sieurs lieux de France les chaudronniers crient par les rues : « Magnan, magnan ! »

Qu'on veuille bien prendre pour un même mot à orthographe flottante les trois formes magnien, maignan, magnan.

On trouve en latin (Châtelain, lexique, 1883) un mot *Manganum* qui a le double sens de *machine* et de *vase à vin*.

Ce mot unique répond à deux mots grecs que donne Alexandre (dictionnaire, 1847) : *Maggana,-as*, nom féminin peu usité relevé dans les glossaires, ayant le sens de *tonneau*, et *Magganon,-ou*, nom neutre avec sens de *tour de passe-passe, serrure à secret, mangoneau, machine de guerre, stratagème, invention, ruse,* etc.

Pour Alexandre l'étymologie probable de *maggana* comme de *magganon* est *mèchanè,* machine. Or cette racine *mèchanè* est de sens si général et de dérivés si nombreux, qu'il est sans intérêt de remonter plus haut à travers les vieilles langues de l'humanité.

Que le tonneau grec *maggana* ait cédé son nom au simple vase à vin des latins *manganum,* c'est un point qui ne doit pas faire doute. Il faut seulement remarquer que tandis que les deux mots grecs se distinguent par leur genre et leur désinence, les deux sens latins ont une forme et un genre uniques : la forme du sens fréquent a absorbé l'autre forme et a servi aux deux sens.

Le mot *manganum* a survécu à l'empire romain. Ce n'est pas durant les mille ans de guerres du moyen-âge que les hommes ont pu oublier l'usage et le nom des machines de guerre et des stratagèmes. Aussi le dictionnaire de la basse latinité de Ducange nous fournit-il une quantité de formes et de sens dérivés de *manganum*-machine : c'est

| | |
|---|---|
| mangana et manga | machine |
| magnanum | id. |
| magana | verrou |
| mango, -onis | mangonneau |

On voit que l'interversion de *ng* en *gn* s'est produite par la suite des temps dans le sens de machine.

Pour le sens de vase *vase à vin* nous avons une moindre richesse de formes : *Magninus* dans Ducange, *Maignan* et *Magnien* dans Godefroy, *Magnan* dans Ménage.

Cette forme a en outre le sens de chaudronnier, que Ducange pense antérieur à celui de chaudron. Au même sens de chaudronnier Godefroy cite en vieux français *maignan, maagnan, magnan, maignen, meignan, maignin, magnien, mengnien, mengnein, mengnen, mengnem, mesgnen,* mots singuliers masculiers.

En italien la forme *magnano* a le sens à la fois de chaudronnier et de serrurier.

En provençal on ne trouve dans le grand dictionnaire de Mistral que les formes *magnen* et *magnin* avec le seul sens d'étameur ambulant : c'est le *magninus* de Ducange.

Mais *manganum* n'a pas donné immédiatement *magnan* ou *magnin*. *Mànganum* avec accent sur la première syllabe n'a pu fournir qu'une forme *maagna* ou *mâgna* (1), comme *tympanum* a fait timbre, *organum*, orgue. *Magna*, nom féminin, a dû avoir le sens de chaudron. Le nom de famille Magne (2), celui de Saint Magne, évêque d'Avignon en 660, seraient les seuls restes de la forme *magna*.

De *magna*-chaudron les bas-latins auront dérivé *magnanus*-chaudronnier. Puis *magna* ayant disparu, *magnanus* aura été employé à la fois au sens de chaudronnier et à celui de chaudron.

Pour ne reprendre que les formes indispensables : de *maggana* à *manganum*, de *manganum* à l'hypothétique *maagna*, de *mâgna* à *magnan*, on appréciera que nous donnons une chaîne complète, et de même que la suite des sens : tonneau, vase à vin, chaudron, chaudronnier est pleinement satisfaisante.

Comment a-t-on passé de *Magnan* nom commun à *Magnan* nom propre ? De deux façons.

Premièrement *magnan*-chaudron, comme le provençal *peiròu*-chaudron, aura donné directement son nom à quelques lieux-dits ou villages. Le Cul-de-Peyrol à Fénestrelles (Aubagne, B.-du-R.) est un vallon circulaire, un fond de chaudron vraiment. Un autre *Cul de Peirol* existe au terroir de Sénas (B.-du-R.). Un Peyrolles et un Peyroules s'élèvent l'un sur la Durance en triangle entre Pertuis et Mirabeau, l'autre à 10 kilomètres à l'est de Castellane. Il est possible que le *Magnan* du Gers, arrondissement de Condom, 476 habitants, ou quelques-uns des nombreux lieux dits *Magnan* dans les Hautes-Alpes, les Basses-Alpes, le Vaucluse, les Alpes-Maritimes, la Crau ou la plaine de Saint-Remy aient été de même baptisés *Magnan* par comparaison avec un chaudron,

(1) Proposé par M. Jh Roman, de Gap, archiviste-paléographe, en sa lettre du 19 août 1909.
(2) Divisio bonorum Victoris Magna inter Johannem et Antonium Magne fratres (E. d'Arzelier à Céreste, 22 fév. 1513, p. s. fol. 67).

A son tour le lieu nommé *Magnan* aura donné son nom à la famille qui y aura jouit de droits seigneuriaux ou simplement du domaine utile. Ainsi Hugues Bompar, trésorier général des Etats de Provence, était propriétaire de tout un quartier d'Istres nommé *Magnan* : il obtint de François I$^{er}$ des lettres patentes en avril 1533 (arch. B.-du-R., B. 29, p. 392) érigeant en fief en sa faveur les dites terres.

Par un nouveau retour le nom de famille pourra devenir nom de lieu ou de rue. Hugues Bompar avait à Aix son hôtel dans une rue qui s'appela *rue de Magnan,* aujourd'hui *rue des Magnans.* Autre exemple : le baron de Magnanville, qui habite Versailles, tire apparemment son nom d'un nom de lieu. Enfin Artefeuil (hist. hér. nobl. Prov. IV, 2$^{me}$ suppl. p. 36) prétend que la maison de Magnan tire son nom d'une terre qu'elle possédait dans la vicomté de Valernes.

Mais plus généralement ç'aura été de *magnan-chaudronnier* que sera venu le nom propre d'homme MAGNAN et toutes les formes voisines : MAIGNAN, MAIGNEN, MAIGNIN, MAGNEN, MEGNIN, etc., qui représentent de simples variantes dialectales ou de minimes hésitations orthographiques.

Le nom LEMAGNAN, qui appartient à une famille originaire de Bretagne, semble devoir s'expliquer par LE CHAUDRONNIER ou (le fils) DU CHAUDRONNIER.

De tous les Magnan et paronymes de France et d'Italie seuls nous intéressent les Magnan issus de Bayons (B.-A.), parce que pour eux seuls nous pouvons fixer ou supposer un degré de parenté.

## SOUCHE BAYONAISE

Tout au nord du département des Basses-Alpes est un massif montagneux auquel vient se heurter la Durance après Briançon et Embrun, massif qui l'oblige à un premier détour vers l'ouest. Au milieu du massif de creuse en cuvette une vallée fermée nommée la clue de Bayons, qui n'aurait jamais communiqué avec les vallées voisines que par des sentiers abrupts, si la Sasse, sa rivière, n'avait creusé dans le rocher un couloir large de 5 mètres à peine, à parois vertigineuses, et si un maire énergique n'avait obtenu des autorités de Digne, voilà 40 ans, une petite route au fond du ravin. Avant la route les Bayonais pour rentrer chez eux marchaient dans l'eau, et si la rivière était grossie de récentes pluies, ils s'arrêtaient en aval à Clamensane durant quelques jours,

Pour sortir de Bayons par le nord on prend un chemin qui mène par une suite de rampes très dures à Astoin et à Turriers, et de Turriers on redescend par route vers Gap ou vers Embrun. Par le sud après avoir grimpé à des côtes de 1693 et 1921 mètres on descend dans la vallée de l'Esduye vers Feissal, Auribel et Thoard. Par l'est le sentier qui mène aux vallées du Bez et de la Blanche doit franchir un col de 1.555 mètres avant d'arriver à Chauvet et Selonnet.

Cette vallée close n'a jamais été une route pour les migrations des peuples. Si elle-même s'est peuplée, ç'a été par le nord et lentement : les montagnards de Guillestre s'y sont infiltrés un à un. Quant à la voie du couchant, celle qui suit le cours de la rivière par Clamensane et Valernes, quand les Bayonais l'ont prise pour aller à Sisteron, aux Mées, s'établir sur la moyenne Durance ou au delà, il est tout simple de penser qu'ils ne sont plus jamais remontés à Bayons.

Une grosse commune flanquée de deux autres toutes petites occupe cette vallée : Bayons avec Astoin et Esparron-la-Bâtie. Astoin est au nord ; Esparron dans le massif montagneux du sud ; Bayons est assis au milieu de la vallée, bien protégé des vents du nord et recevant de soleil tout ce que laissent passer les hauts sommets qui l'enserrent à l'est et au midi : peu en hiver, trop en été. « L'air y est tempéré. Il y a des vignes qui donnent un vin qui est au-dessus du médiocre par sa qualité. Les eaux y sont très mauvaises à cause des carrières de plâtre par où elles passent. » (Histoire du diocèse d'Embrun, par M. ALBERT, curé de Seyne, 1783, p. 511).

« Bayons au moyen-âge était le bourg le plus considérable du baillage de Sisteron. Ainsi d'après les statuts il devait fournir pour les cavalcades trois chevaliers armés avec leurs chevaux, tandis que les autres lieux du baillage, Sisteron exepté, n'étaient soumis qu'au service de deux cavaliers armés au plus. » (Isnard, le Cataclisme de Bayons, citant arch, B.-du-R. Pergam. f. 14).

Au point de vue ecclésiastique, c'était une paroisse du diocèse d'Embrun desservie par un curé et un vicaire ; l'archevêque d'Embrun en était seigneur dédimateur, et le prieur du chapitre y avait encore un cinquième de la dîme (Albert loc. cit.). L'abbaye de l'Ile Barbe y avait un prieuré. L'église de Bayons est une des plus belles des Basses-Alpes. Construite en pierre de taille, modèle de style gothique primitif, pure de tous remaniements et restaurations, elle se présente assise au milieu d'une prairie, qui n'est autre que le cimetière ; bien dégagée, elle donne une impression d'art et témoigne hautement que le XIIe siècle, époque probable de sa construction, fut une époque de prospérité matérielle pour Bayons autant que de foi.

Une question agitait fort les Bayonais aux premières années du XIVe siècle : l'entretien des fours et les droits de fournage. L'église et les nobles du château de Bayons, dit une charte de Robert, roi de

Naples et comte de Provence, du 24 juin 1319 (arch. de Bayons DD, liasse 1319-1790) ont un four où les habitants font cuire leur pain ; or ils perçoivent des droits de fournage excessifs sur les habitants, et en même temps ils se refusent à réparer les fours ; de sorte que les dépenses de réparation tombent fort injustement à la charge de la communauté. Et le roi Robert charge ses officiers de Sisteron de pourvoir à ce que justice soit faite.

Les MAGNAN ce jour-là étaient du côté du peuple. En effet un document peu antérieur, un état des droits de la Cour Royale de Sisteron dressé par le clavaire de la Cour en l'année 1304-1305 (arch. B.-du-R., B. f. 62) nous apprend que le roi possédait d'autres fours hors du château sur le terroir de Bayons et que GUILLAUME MAGNAN est tenu pour ces fours au service annuel d'une émine de blé et d'une poule. LAUGIER MAGNAN est tenu au même service.

Voilà donc deux Magnan demeurant au terroir de Bayons hors du château : au Forest de la Cour peut-être, hameau situé au confluent du Rouinon et de la Sasse, en aval du château et à 1.500 mètres d'icelui. En ce point, à raison du nom, la Cour du roi devait bien posséder de plus grands droits qu'ailleurs, un four peut-être. En ce point aussi il existait en 1820, date présumée de la confection du cadastre, un lieu dit *Les Magnans*. C'est là peut-être qu'habitèrent LAUGIER et GUILLAUME MAGNAN en 1304 et 1305.

Vingt ans après, un LAUGIER MAGNAN et un GUILLAUME MAGNAN se retrouvent à Sisteron, qui reconnaissent tenir sous la directe du roi chacun un maison à Sisteron, le 11 novembre 1323 (arch. B.-du-Rh., B. 822). Nos hommes ont-ils émigré de Bayons à Sisteron ? ou bien ont-ils à la fois maison de ville et maison de campagne ? ou sont-ce à Sisteron des homonymes de nos Bayonais ?

Dix ans plus tard GUILLAUME MAGNAN de Bayons est mort ; un PIERRE MAGNAN dont il n'a pas été parlé est mort aussi ; nous sommes en l'année 1331. *Léopard de Fulginet,* archiprêtre de Sénévent au royaume de Naples, a été chargé par le roi de faire une enquête sur ses droits en Provence. Il arrive à Bayons et constate le paiement de rédevances

en nature (arch. B.-du-Rh., B. 1058) qu'il serait intéressant d'étudier
au point de vue économique. On relève dans cette enquête les noms
de six hommes et de deux femmes, qui pour modeste que soit leur
personnage, présentent néanmoins un intérêt familial.

BERTRAND et PIERRE MAGNAN, frères, fils de PIERRE, possèdent en
commun, sous la seigneurie directe du roi, une maison au château et
un jardin au Collet du château. Séparément ils possèdent chacun un
jardin à Sousville, une terre à l'Escoussou d'Iéro ;Pierre seul possède
des terres à Fossocatas, à Tramalauque (le Clastre)et à Tavanum (au-
dessus du village); Bertrand a une terre au Cuculet (aval de Combo-
vin) (f. 151-153),

BOYER MAGNAN, qui peut être un troisième frère, possède comme
Pierre et Bertrand une vigne à l'Escoussou d'Iéro, comme Pierre
une vigne à Grassie, et il est seul à posséder un pré à Lanachan
(f. 129 v°).

Un autre PIERRE MAGNAN, qualifié meunier, est possesseur à Bayons
de trois vignes dont il paie la redevance au roi : l'une à la Chapelle,
l'autre à Ribiers, le troisième à Champ-Locle (f. 129 v°).

Un YSNARD MAGNAN et un GUILLAUME MAGNAN mineur, semble-t-il,
sous tutelle de Raymond Julien, possèdent chacnn une vigne ou terre
à Ribiers. Guillaume possède en outre une vigne à Lanachan
(f. 151-153).

ALAÊTE, veuve de Guillaume Magnan (est-ce le Guillaume de 1304-
1305 ?) possède deux vignes à Jaïsse et à Judoc. Enfin GENTILE
MAGNAN a deux terres,dont une à Lanachan comme le jeune Guillaume.
C'est un regret de ne pouvoir identifier tous les noms de lieu et
de ne commencer ici au XIVe siècle les filiations suivies.

La Reine JEANNE Ire était accusée de plusieurs crimes ; elle sollici-
tait une absolution et le droit de régner encore sur ses royaumes
épars de Naples, de Sicile, de Jérusalem, de Piémont, de Provence.
Elle fit dans ce but de grandes largesses à l'Eglise : elle vendit pour
peu d'argent Avignon et le comtat de Venasque au pape Clément VI

(Pierre ROGER, limousin d'origine) ; elle fit don à Guillaume ROGER, comte de Beaufort en Anjou, neveu du Pape, des châteaux de Valernes, Bayons, La-Mote-du-Caire, les Mées et autres formant la vicomté de Valernes. Cette donation est des 30 mars 1345 et 5 septembre 1347 (arch. B.-du-R., B. 1431, ff. 1 et 3, cité par Isnard, loc. cit.). Par ce fait Bayons échappa à l'administration des fontionnaires royaux ; les archives de la Cour des Comptes de Provence à partir de cette date sont fort pauvres de documents sur Bayons. On n'y trouve guère que les comptes du clavaire de Sisteron mentionnant les amendes perçues après sentences correctionnelles du juge royal.

Il existe bien aussi des comptes du receveur de la vicomté de Valernes qui traitent de toutes sortes de questions intéressant Bayons, mais ceux seulement des années 1399 et 1402 ont été retrouvés. Dans l'analyse qu'en a publiée M. M.-X. Isnard, archiviste des Basses-Alpes, aucun Magnan n'est signalé.

## LIGNE DES SEIGNEURS DE BEZAUDUN

### I

Le compte du clavaire de Sistèron pour l'année juridique 1426-27 mentionne un personnage notable : GUILLAUME MAGNAN demeurant à Bayons. Entre le 1ᵉʳ novembre 1426 et le 31 octobre 1431 Guillaume fut traduit cinq fois devant le juge royal et deux fois le clavaire lui donne la qualité de noble.

Compte du 1ᵉʳ novembre 1426 au 31 octobre 1427 (B. 2020, f. 56 v°) : « *Item a nobili Guillemo Magnhani dicti loci* (de Bayonis) *pro petitione unius floreni album unum.* » Guillaume paie un blanc d'amende pour retard à régler une dette d'un florin qu'il a envers un créancier non dénommé. F. 57 v°, le même Guillaume paie un blanc d'amende à raison de la réclamation d'un florin que lui fait Salomon Crescas, juif de Sisteron. Trois feuillets plus loin (f. 60 v°) nouvelle amende d'un blanc (le blanc monnaie d'argent, était la seizième partie du florin, monnaie d'or) perçue contre Guillaume sur demande d'un florin que fait Salomon Crescas. Notre homme était traqué par son créancier : un florin par mois. Quelle était la cause de la dette ? Maître Crescas était-il médecin, marchand ou prêteur sur gage ?

Guillaume Magnan paraît avoir exercé à Bayons une parcelle de l'autorité royale, autrement dit avoir été fonctionnaire. Le 30 avril 1427 après midi, Monseigneur le juge comtal tient sa cinquième session. A la requête de Maître Raymond Raymondi, procureur de la Cour, notaire et clavaire, Guillaume Magnan est traduit devant le juge (f. 86 v°) : « *Eo quod cum ad instanciam magistri Raymundi Raymundi, notarii et clavarii, procuratoris dicte curie et per litteram Monetum Garcini de persona accepisset dicti loci pro suis demeritis, ipsum non incarceratum, sed ad custodiendum tradidit.* » Guillaume a été chargé par ordre de la Cour royale de la personne de Monet Garcin ; et au lieu de le tenir emprisonné, il l'a laissé libre sous la surveillance de quelque homme d'arme. Pour avoir reçu cette commission, Guillaume a dû posséder un château, ou être le chef de quelque force de police. Et pour avoir mal rempli son office, le juge le condamne à quinze sous coronats d'amende.

Enfin au cours de l'été 1431 (f. 226), Guillaume est condamné à quatre blancs d'amende sur demande de quatre florins faite contre lui par le seigneur (dominum) Pierre Audemar. Aucune explication au texte.

Avoir mal servi le Roi ne disqualifia pas Guillaume : le vicomte de Valernes, seigneur de Bayons, fit de lui son bailli et l'envoya dans un autre de ses châteaux, aux Mées rendre la justice en son nom. Esmieu dit : « En 1438 et années suivantes noble Guillaume Magnan était bailli des Mées. » Il ajoute : « et autorisait en cette qualité les délibérations du conseil. » (Notice hist. et stat. de la ville des Mées, 1803, p. 414). Le bailli exerçait à la fois des fonctions administratives et judiciaires. Camille Arnaud estime que cette charge s'acquérait moyennant finance (Hist. d'une famille provençale, Camoin à Marseille, 1884, tome I, p. 114).

Guillaume semble avoir pris femme dans l'une des familles qui alors seigneuriaient à l'entour des Mées, car son fils présumé Bertrand déclarera en 1471 tenir de ses parents à titre héréditaire ses droits féodaux à l'Escale, St-Pierre de Bezaudun et Malijai. Guillaume, tige des Magnan des Mées, a donc été coseigneur de l'Escale, ainsi que du fief de Saint-Pierre de Bezaudun, qui était dès lors uni et incorporé à celui de l'Escale, et du fief voisin et distinct de Malijai et peut-être encore du Four de Bayons selon ce que nous dirons bientôt de Bertrand et Jean Magnan.

On peut conjecturer que Guillaume et sa femme moururent avant 1443, année où Bertrand et Jean reçurent les reconnaissances de leurs vassaux de l'Escale. C'est par une erreur manifeste qu'Artefeuil a confondu notre Guillaume avec un autre Guillaume Magnan vivant à Bayons en 1484 (on le verra plus loin) et en 1492.

Guillaume institua, dit-on, héritiers ses fils Bertrand et Jean, et fit un simple legs à son troisième fils Elzéar.

I. BERTRAND MAGNAN et ses frères sont dits fils de Guillaume sur la foi de papiers de famille visés aux Preuves de noblesse faites par cette famille en 1788 et conservés aux arch. B.-A., série E.

Bertrand, ainsi que Jean, eut des droits seigneuriaux sur le Four de Bayons. Une charte de Tanneguy du Châtel, prévôt de Paris, puis sénéchal de Provence, rappelle à noble Pierre Audibert, juriste de Sisteron, la commission qui lui a été donnée récemment d'instruire un procès pendant devant l'éminent conseil royal d'Aix entre la Communauté de Bayons, le chanoine François Audibert, recteur d'une chapellenie, et les nobles Bertrand et Jean Magnan, coseigneurs du Four de Bayons. La charte, en date du 9 avril 1456, est donnée au nom du Sénéchal par Vital de Cabannes, juge mage. Une copie ancienne en a été longtemps conservée à l'hôtel de ville de Bayons ; elle a passé récemment aux arch. B.-A. (série FF) à Digne.

Ce procès de 1456 rappelle celui de 1319. L'université (la Commune) de Bayons et les habitants émettent des griefs contre les propriétaires du four, qui sont comme en 1319, des nobles et des prêtres. Les Magnan cette fois résistaient aux demandes de la Communauté, ayant passé au camp adverse. Nous nous garderons bien de dire qu'ils avaient tort, car nous ignorons dans quel sens se prononcèrent le commissaire et le conseil du Roi.

Bertrand devait dès lors habiter aux Mées. « Lorsqu'en 1469 (dit Esmieu p. 190) le seigneur de Malijai voulait ravir (aux habitants des Mées) leurs droits sur le territoire de Villeneuve, Ber-

trand et Elzéar Magnan à la tête de la Municipalité n'épargnèrent
ni leurs soins ni leurs pas pour les conserver ». Et dans les listes
de la page 355 Bertrand est indiqué aux années 1469 et 1477
comme premier consul des Mées.

Bertrand fut coseigneur de l'Escale, Saint-Pierre de Bezaudun
et Malijai. Il reçut ainsi que son frère Jean les aveux et reconnaissances des habitants de ces lieux en 1443 (Ant. Giraud aux Mées,
Preuves). Il rendit pour ces terres deux hommages au Roi ; l'un
à la date du 5 mars 1471 (arch. B.-du-R., B. 16, f. 119) est suivi
du dénombrement des services que les habitants doivent à Bertrand et à Jean : l'autre est à la date du 30 octobre 1480 (arch.
B.-du-R., B. 181) et fut rendu à l'occasion de l'avènement de
Charles III, comte d'Anjou et de Provence, successeur du roi René.

Voici un extrait du premier : «.....*Vir nobilis et prudens Bertrandus
Manhani de Bayonis, habitator castri de Mediis, condominus loci de
Scala Bajulie Sistaricensis, gratis sponte per se et suos, suorum predeces-
sorum more sciens profitens et in veritate publice recognocens prefatum
dominum nostrum Renatum regem fore et esse dictorum provincie... Et
pro condominiis que idem nobilis Bertrandus Manhani tam hereditario
nomine parentum suorum quam ex nova emptione et acquisitione per
eum a nobili Johanne Manhani ejus fratre juniore sui condomini loci de
scala noviter facta constante publico instrumento sumpto manu magistri
Claudii Trimondi notarii regii publici habitatoris de mediis sub millesimo
predicto et die undecima mensis februarii et de qua paulo ante per
ipsum excellentem dominum senescallum investitus extitit, constante alio
publico instrumento per regium secretarium et notarium publicum infras-
criptum propter ea sumpto, habet in Castris sive locis predictis de Scala,..
Sancto-Petro Bezauduno et Malijassio et eorum territoriis, pertinenciis
et districtibus...* »

On voit par cet hommage que Bertrand avait hérité de ses
parents (père et mère sans doute) ses droits à Bezaudun, l'Escale
et Malijai et qu'il avait acheté la part de son frère Jean. Le dénombrement qui suit l'hommage comporte 100 articles de terres,

vignes, prés et maisons sur lesquelles Bertrand avait le domaine éminent et dont les tenanciers lui versaient annuellement, soit des redevances en naturequi se totalisent par 3 setiers, 9 civadiers, demie émine de blé annone et 2 outres 1/2 de vin, soit des redevances en espèces comptées par gros, deniers, oboles et pipes qui reviennent à 2 florins, 4 blancs.

L'avènement de Charles III d'Anjou au comté de Provence obligea Bertrand à prêter le second hommage, qui eut lieu le 30 octobre 1480.

L'Escale, riche commune des Basses-Alpes, est située dans la plaine de Durance, rive gauche ; son ancien château-fort aujourd'hui rasé se trouvait sur une éminence nommée Vière, hameau à 1.500 mètres en amont de la principale agglomération. Bezaudun est plus à l'est dans les collines : on y accède par un passage nommé *Lou Coulet de Besoudun* ; il s'y trouve plusieurs maisons. « Au sommetde la colline, dit l'abbé Maurel (Hist. de l'Escale, 1893) on distingue encore quelques ruines ayant appartenu à une église appelée Saint-Pierre de Bezaudun, où la présente génération raconte qu'on faisait halte autrefois au cours de la longue procession du premier dimanche de mai..... L'Escale de Bezaudun (dit encore Maurel, p. 36, réfutant Esmieu) étaient deux villages distincts, ayant chacun son territoire propre et formant néanmoins un seul fief enclavé entre la Durance, la Bléone et le Vignorgue depuis Piégut jusqu'à Notre-Dame de Rorabel », qui est une chapelle accompagnée d'un obélisque sur la route de Digne. Quant à Malijai, c'est une jolie bourgade à cheval sur la Bléone, non loin de son confluent avec la Durance.

Bertrand eut deux fils :

a) JACQUES MAGNAN, marié à Béatrix de SILVY, lequel mourut avant le 13 septembre 1498 (date du testament de son oncle Elzéar), laissant :

aa) BERTRAND MAGNAN, mort sans postérité.

*bb*) CATHERINE MAGNAN survivante fit passer par son mariage à la famille des BLANC les biens de sa branche, et obligea ses enfants à porter les nom et armes de Magnan : son petit-fils Claude BLANC-MAGNAN se qualifiait noble et mourut sans enfants.

*b*) BERTHODOLS MAGNAN mourut avant septembre 1498 laissant des filles.

2. JEAN MAGNAN, qui suit,

3. et ELZÉAR MAGNAN, auteur des deux branches des Mées, qui viendra ensuite.

## II

JEAN MAGNAN, second fils présumé de Guillaume, fut avec son frère Bertrand coseigneur du Four de Bayons, de l'Escale, Saint-Pierre de Bezaudun et Malijai : il est partie aux reconnaissances de 1443, il est nommé en la lettre de Tanguy du Châtel de 1456, en l'hommage de 1471, et lui-même fait par procureur hommage au Roi Charles III le 30 octobre 1480 pour ses droits à Bezaudun, l'Escale et Malijai (arch. B.-du-R. 181). Par cet acte nous apprenons que Jean est vieux, infirme, qu'il a un fils prêtre, qu'il lui a donné procuration devant Cléricy, notaire à Lurs. En effet Jean habitait Lurs et il en était coseigneur comme on le voit dans l'ancien livre des reconnaissances de cette terre visé dans un mémoire de l'an 1700 annexé aux Preuves.

Jean laissa cinq enfants :

1. Noble et vénérable HUGUES MAGNAN, prêtre qui se rendit au palais d'Aix le 30 octobre 1480 porteur du pouvoir de son père, et qui prêta hommage en cette qualité au Roi Charles III. Elzéar Magnan, son oncle, en son testament du 13 septembre 1398

l'appelle son fils adoptif et lui lègue sa nourriture et celle de son cheval.

2. MICHEL MAGNAN, qui suit,

3. ANDRÉ MAGNAN, dit le Vieux, nommé au mémoire de 1700, qui habita Lurs, qui maria sa fille Antonone à noble Sébastien de Berluc, lombard d'origine. André vivait encore le 16 mars 1497 lors du testament de son gendre (Garciny à Forcalquier.)

M. Ambroise Tardieu séduit par l'homonymie a mal à propos identifié cet André Magnan, écuyer de Lurs, fils de Jean écuyer de Lurs, avec un André Magnan non qualifié, fils de feu Jean de Saint-Etienne-les-Orgues, et époux en 1470 d'Aicarde de Rome du même lieu, dont la descendance s'est perpétuée à Reillanne (Généalogie des Tardieu, 1893, p. 223).

D'André, nous l'avons dit, est issue

*a*) ANTONONE MAGNAN, épouse de Sébastien de BERLUC.

4. JEAN MAGNAN et

5. CATHERINE MAGNAN, épouse de Jean BLANC, qui sont connus par un seul acte du 19 décembre 1520 (Troph. d'Arzelier à Reillane, minutes à Céreste). Le dit jour Jean Blanc et Esprit Blanc, notaire à Reillane, son père, donnent quittance de 100 florins, dot de Catherine, à nobles Jean et Michel Magnan de Lurs.


III


MICHEL MAGNAN, fils de Jean, coseigneur de Lurs, est porté comme son père au livre des reconnaissances de cette terre (mémoire de 1700 annexé aux Preuves). Il habita Lurs, épousa Béatrix AUBE et mourut avant 1531, laissant deux fils :

1. ANDRÉ MAGNAN, qui suit,

2. et ANTOINE MAGNAN OU DE MAGNAN, écuyer à Lurs, homme d'arme de la compagnie du Maréchal de Brissac. Il posséda en 1531 un bien qui avait appartenu à André Magnan le Vieux. Il n'eut pas d'héritier de son nom (I.de Berluc).


## IV


ANDRÉ DE MAGNAN, écuyer, coseigneur de Lurs et capitaine pour le Roi d'une compagnie de gens à pied, épousa Claudète FEUTRIÈRE vers 1550, et testa le 28 mai 1573 devant Moyne à Reillane, où il tenait alors garnison.

Cinq enfants :

1. ALEXANDRE DE MAGNAN vivait à Lurs en 1582 et fut témoin le 29 octobre au mariage de sa sœur Suzanne. Il fut témoin aussi au mariage de son cousin Joseph de Magnan, à Avignon, le 6 janvier 1585. Il mourut sans postérité avant 1597.

2. SUZANNE DE MAGNAN épousa en 1582, le 29 octobre (Gab. Cailhet) Hélion ROMIEU des Mées. Elle fut maintenue avec sa sœur Esther héritières pour trois quarts de la succession de leur père. Par son testament elle obligea ses enfants à porter les nom et armes de Magnan. Sa descendance finit en Jacques ROMIEU-MAGNAN mort aux Mées à la fin du XVIIᵉ siècle.

3. ESTHER, héritière en 1599 pour partie de son père.

4. MARIE MAGNAN et

5. ANNE MAGNAN, légataires chacune de 1.500 livres, qui leur devait être payées lorsqu'elles seraient « colloquées en mariage ».

XXXXXXXXXXXXXXXXXXXXXXXXXXXXXX

## PREMIÈRE BRANCHE DES MÉES

—————

## II

ELZÉAR MAGNAN, simple légataire de Guillaume son père (mémoire de 1700 aux Preuves), fut en 1467 l'un des quatre électeurs des Mées qui se rendirent à Digne pour concourir à la députation aux Etats de Provence à tenir à Marseille (Esmieu, p. 948). L'année suivante il fut premier consul des Mées. Il passa reconnaissance le 13 mars 1492 au vicomte de Valernes d'une terre aux Mées qu'il venait d'acheter. Il testa devant Laurenti aux Mées les 13 et 27 septembre 1498 (Preuves), et il mourut avant le 5 avril 1499, époux de noble Jeanne PONCET. Il était veuf en premières noces de noble Hugone TRIMOND, de Digne, fille de noble Georges, et il en avait eu deux fils et trois filles :

1. ANDRÉ MAGNAN, qui suit,

2. JACQUES MAGNAN, qualifié par Esmieu syndic des Mées en 1494 : « Il se mit en avant » dans le procès que les habitants des Mées soutinrent contre Malijai.

3. CATHERINE MAGNAN épousa noble Auguste ANDRÉ, de Forcalquier.

4. MARGUERITE MAGNAN épousa noble Jacques CLARET, de Digne. Elle fit un legs à Jeanne Magnan, sa nièce, le 17 mars 1518.

5. Et MATHIEUVE MAGNAN, épouse de noble Isnard ARNAUD, de Valensole. Elles avaient eu chacune 100 florins par testament de

leur père, outre les sommes qu'il leur avait constituées en dot
par contrat de mariage.

### III

ANDRÉ MAGNAN, fils aîné et héritier d'Elzéar, passa un compromis
avec ses frère, sœurs et marâtre relativement à la succession de leur
mère, le 5 avril 1499 (Laurenty aux Mées).

Il fut premier syndic des Mées en 1506 durant une épidémie de
peste et prit des mesures énergiques pour combattre le fléau (Esmieu,
p. 265). « La peste, dit Camille Arnaud (Hist. Famille Prov., p. 217),
était devenue presque endémique en Provence. Sa fréquence et sa
gravité jetaient l'épouvante parmi les populations. Dès que la maladie
éclatait, les relations sociales étaient interrompues, les villes fermaient
leurs portes, on gardait les remparts comme en temps de guerre, une
corvée d'hommes choisis faisaient la ronde jour et nuit. Il était rigou-
reusement défendu à toute personne, même venant d'un lieu sain,
d'entrer en ville sans la permission des syndics et du conseil. » On
bannissait les pauvres, qui ne sachant où aller, rôdaient autour de la
ville, mais on leur donnait des secours.

André mourut en charge cette année même ; il n'est pas dit si ce
fut de la peste. Il avait testé devant A. Pélissier, notaire aux Mées.
Il avait épousé noble Antoinette BRUNET, fille de Jean, de Forcalquier,
laquelle était titulaire de droits féodaux sur diverses terres et maisons
à Mane et Forcalquier : les possesseurs lui en passèrent reconnaissance les 15 janvier 1499 et 30 janvier 1500. Ils eurent six fils et
deux filles, qui furent pourvus de tuteurs et curateurs par le juge en
présence des consuls des Mées en une charte des 17 décembre 1507
et 28 janvier 1508 (Julien Eiriès aux Mées), et il fut procédé de
suite au partage des biens et successions de leur père et aïeul situés
aux Mées, à Forcalquier, Niozelles, Mane, etc.

1. ANTOINE MAGNAN s'établit à Forcalquier, pays de sa mère.

Licencié ès lois, il fut avocat ; on le trouve à Céreste juge de la Cour en 1519 et 1530 (Tr. d'Arz. AID. 9 janv. 1519, 13 sept. 1530), à Forcalquier premier consul en 1527 et 1533. Il testa en 1535, laissant de Clémence de FOUQUE deux filles :-

*a*) HONORATE MAGNAN épousa Antoine CROZE, écuyer, dont la famille semble se rattacher à celle des Croze seigneurs de Laincel et de Saint-Martin. Elle transmit les biens et le nom de Magnan à ses descendants, les CROZE-MAGNAN, qui subsistent encore en plusieurs branches.

*b*) ANTOINETTE MAGNAN plaida en 1560 avec sa sœur contre Marguerite Tornatoris, veuve de Maître J. Croze, de Tarascon.

2. LOUIS MAGNAN, qui continua la descendance.

3. JEAN MAGNAN, diacre à Forcalquier, puis religieux de l'Observance à Manosque, qui vendit à son frère Antoine l'usufruit de ses biens le 30 mars 1516 (N. à Céreste), et testa en sa faveur le 31 mars 1517 (J. d'Arz. à Reillane).

4. OLIVIER DE MAGNAN, nommé dans les actes latins des notaires tantôt OLIVARIUS MANHANI, tantôt OLIVARIUS DE MANHANO ou OLIVARIUS DORIBELLI, ou bien OLIVARIUS DE AURIBELLO, fut un imposant personnage. Il ne se contenta pas d'honneur municipaux ; il posséda des châteaux comme ses grands oncles Bertrand et Jean, il prêta au Roi des hommages et des dénombrements, il reçut sans doute les reconnaissances de ses vassaux. Il désira perpétuer en mains de ses descendants par des substitutious graduelles son opulente fortune. Enfin il fut commémoré par le fils du devin Nostradamus.

Sa gloire est complète.

Il fut revêtu bien jeune, semble-t-il, de la charge de syndic de la communauté des Mées. C'est en 1518 et 1519 qu'en cette qualité il négocia avec Jacques de Beaufort, seigneur des Mées, la cession aux habitants de divers droits seigneuriaux. En 1537 nous le voyons de nouveau syndic des Mées. Son œuvre fut poursuivie

et achevée par son frère Louis et son neveu Valentin ; Esmieu
estime qu'elle honore la maison de Magnan (p. 231).

Au début de l'année 1542, Olivier acquit le château et la
seigneurie d'Auribel. Le château sis à flanc de côteau dans un
paysage de rochers domine des terres déclives où presqu'aucune
habitation ne s'aperçoit : c'est la commune d'Auribeau, qui dépend
du canton de Thoars et de l'arrondissement de Digne. Aucun acte
de dénombrement n'existe pour nous renseigner sur ce que la
seigneurie d'Auribel comportait de droits et de profits au XVIᵉ siècle.
Voici d'après Achard (Géogr. de Prov.) ce qu'était le pays en 1787 :
« Un petit village ne contenant guère que trente familles. La
paroisse est desservie par le curé seul ;... le patron du lieu est
Saint-Pierre aux Liens... Le sol est sec et aride, le climat est vif
et froid en hiver... On y recueille beaucoup de seigle et des
pommes. Le territoire est borné par deux ruisseaux qui se nomment Esdugeo et Bramofam : ils ne suffisent pas pour arroser les
terres, parce que les chaleurs de l'été en diminuent considérable-
ment les eaux. »

Le premier devoir du nouveau seigneur était l'hommage. Il
descendit des Mées à Aix le 12 juin 1542, et devant la Chambre
des Comptes il déclara vouloir tenir en fief sous la directe du roi
François Iᵉʳ le château d'Auribel avec la juridiction et les droits
y attachés. A l'avènement du roi Henri II, Olivier se rendit à Aix
une seconde fois, et le 9 avril 1548 il fit hommage d'Auribel au
nouveau Comte de Provence.

Six ans plus tard Olivier acheta de Jean-Baptiste de Glandevès,
seigneur de Puymichel, une terre noble dépendante de Puymichel,
non loin des Mées et portant le nom d'Autaval. Ce domaine
comportait soixante salmées ou charges de semence et une maison
située au flanc du vallon avec sa porte ronde élevée sur six mar-
ches, sa vaste salle et son four voûté qu'on voit encore aujourd'hui.
L'acte d'acquisition fut passé le 5 juillet 1554 devant Goyon,
notaire, et l'hommage à la Cour des Comptes le 2 mai 1555.

Outre ces terres nobles Olivier posséda au terroir des Mées trois propriétés rurales et dans l'enceinte de la ville une maison. Allant du plus loin au plus près, c'est d'abord le domaine de la Lêche dans la montagne sur le chemin qui d'Autaval descend aux Mées. « Il y coule une eau excellente » dit Esmieu, p. 51. Olivier semble l'avoir acquis de la famille noble Savournin. — Sur la colline du Thor, au sud des Mées une maison de campagne. — Au couchant de la ville et tout près, le bel enclos de la Galerie borné au sud par le lit desséché de la Combe et allant à l'ouest jusqu'à la Durance. Esmieu, p. 51, dit qu'il appartenait en 1570 à un Magnan seigneur d'Auribeau : nous hasardons-nous trop en supposant qu'avant Louis Magnan il avait appartenu à son père Olivier ?

Enfin en ville Olivier possédait la maison qui est assise sur la porte Saint-Christol. La porte Saint-Christol percée dans les anciens remparts donnait accès aux gens qui de l'Escale ou de Malijai entraient au Mées. C'est une voûte à plein cintre, très basse, flanquée de lourds contreforts, surmontée d'un chemin de ronde. La porte a été dès longtemps débordée par l'extension de la ville ; le chemin de ronde sert de balcon à une chambre haute bâtie sur la voûte et qui jouit d'une exposition au midi agréable. C'est probablement dans cette maison et dans cette chambre qu'Olivier devenu vieux, « détenu au lit par une maladie corporelle », fit son testament solennel.

Nous sommes au 1er février 1556 : Olivier a perdu sa femme Marie de GACHE, qui appartenait à la famille des Gache juges royaux qui ont joué ensuite un grand rôle aux Mées (Esmieu, p. 206) ; il a perdu sa fille Marguerite, épouse de Georges GARNIER ; il a marié sa petite-fille Loyse GARNIER à Bernardin HERANTE, marchand de Digne ; son fils Louis, marié à Marie GERENTE (appelée de Gérente-la-Bruyère au mémoire de 1700) a lui-même plusieurs enfants ; Olivier a donc des héritiers de droit prêts à recueillir son héritage, majeurs et en état de gérer ces biens au mieux de leurs intérêts.

Olivier néanmoins considèrerait comme un malheur de mourir intestat, autant qu'inconfés. C'est qu'il a des vues lointaines. Il est l'auteur d'une branche cadette, il entend la distinguer des autres branches de la maison de Magnan par le surnom d'Auribel ; et afin que cette branche tienne à l'avenir le rang que lui-même a tenu, il nomme son fils son héritier universel, il ordonne que les biens qu'il lui a donnés lors de son mariage soient accumulés à ceux qui lui laisse par testament, et que par le fait d'une substitution graduelle et perpétuelle cette masses de biens passe après Louis intégralement à Roland, premier fils de Louis ; après et à défaut de Louis et de Roland, à leur plus proche et premier né, et ainsi de suite dans la ligne mâle de Louis. Et à défaut des descendants mâles de Louis, Olivier substitue à la possession de ses biens le premier enfant mâle de la première fille de Louis ou celui de la deuxième, de la troisième et autres filles de Louis ; « et à faulte de masle, a substitué les filhes descendentes de la dicte ligne suyvant l'ordre des masles jusques au nombre infini ».

Laquelle ligne finie, Olivier prévoit que sa succession devra arriver à maître Antoine Magnan, son neveu et à ses hoirs mâles; ensuite à noble Jacques Magnan, son autre neveu et à hoirs mâles ; encore à Olivier Magnan, frère des précédents et à ses descendants mâles. Enfin après épuisement des branches cadettes de Magnan des Mées Olivier se résout à offrir une éventualité sur sa succession à Valentin Magnan, chef de la branche aînée des Mées, et à tous en sus de bénéfice pécunier de ce bel et de plus en plus lointain héritage il impose *l'obligation de conserver* avec le nom de sa maison *le surnom et les armes d'Auribeau.*

Préalablement à ce legs éventuellement offert à tant de personnes, Olivier fait de moindres legs à l'église, il demande 455 messes que l'héritier paiera, un sou tournoi les messes basses, et deux sous tournois les messes chantées ; il n'oublie ni le fossoyeur ni le sonneur ni le porteur d'eau bénîte ni le porte-croix ; il lègue à l'hôpital « un lit muni de 2 linceulx, une bassaiche, traversier et couverte » ; il ordonne « que soient prinses troys charges de bled annone, mesure du dict Mées, dans son grenier, et icelles estre converties en pain, qui sera distribué incontinent après son dict dexès par les scyndicz du présent lieu aux pauvres et plus néces-

siteux qu'ils scauront trouver au dict Mées ». Il lègue à « paoure »
femme Catherine Archinbaud, sa chambrière, 20 florins, à sa petite-
fille Loyse Garnière 100 florins, à noble Marguerite Magnane, sa
sœur, 10 florins ; et pour finir par où le testateur a commencé,
« il supplie estre ensevely songneusement et ordonne estre enterré
au devant l'autel de saint Bernardin estant dans l'église Notre-Dame
de l'Olivier du présent lieu des Mées, où sont ensepveliz tous ses
parentz et prédécesseurs » .

Ce testament fut reçu par trois notaires, deux des Mées, Richard
Magnan-Blanc, descendant par les femmes de Bertrand, Antoine
Romieu, dont la famille hérita peu après des Magnan de Lurs, et
Etienne Bolénéry, originaire des Mées, notaire à Céreste, que nous
citerons souvent en parlant de Pierre Magnan auteur des Magnan
Marseillais.

Deux enfants :

*a*) Louis Mag an, seigneur d'Auribel et d'Autaval, prêta hommage au Roi le 26 janvier 1557 pour le château d'Auribel et
les droits y attachés, savoir : haute et basse justice, mère et
mixte impère, droits royaux, cavalcade, services, censes,
directes, dominium, laudimium, trézins ; il fit hommage en même
temps pour la haute et basse justice qu'il avait sur les 60 salmées
de terre d'Autaval et autre droits.

Il fut marié à Marie de Gérente-la-Bruyère et en eu ttrois
enfants :

*aa*) Rolland Magnan, nommé au testament d'Olivier, mourut fort jeune ;

*bb*) Françoise Magnan mourut aussi en bas âge ;

*cc*) et Elisabeth de Magnan, qui épousa devant Gauthier,
notaire, Gaspard Seguiran, qui descendait au 3me degré de
Melchion, seigneur de Vauvenargue, nommé conseiller au
Parlement de Provence lors de l'institution de cette Cour
souveraine par Louis XII en 1501. Le mari d'Elisabeth de
Magnan fut aussi conseiller au Parlement.

Le 16 janvier 1597 Annibal Seguiran, leur fils, prêta hommage au Roi pour les places, terres et seigneuries d'Auribeau et d'Autaval. Le 3 avril 1637, Gaspar de Seguiran, seigneur d'Auribeau, leur petit-fils, époux d'Anne du Périer, fit baptiser son fils Jean-Baptiste, qui lui-même fut qualifié seigneur d'Auribeau le 5 novembre 1666 en un jugement de maintenue de noblesse rendu par la Cour des Comptes. Mais dés 1656 Gaspar de Seguiran avait vendu Auribeau à Antoine Esmivy, des Mées, pour 23.200 livres. La volonté du testateur était méconnue.

*b*) MARGUERITE MAGNAN, épouse de Georges GARNIER, morte avant Olivier Magnan, son père.

5. RICHARD MAGNAN, auteur de la seconde branche des Mées, qui sera donné plus loin.

6. MARCELLIN MAGNAN, qui se présenta le 5 mai 1522 pour être reçu chevalier de Rhodes et à faire ses preuves de noblesse (arch. B.-du-R., O. de Malte, IV, pp. 274. 284 et Nostradamus, hist. et chr. de Prov. f. 814). Il fut tué au siège de Rhodes, suivant le mémoire de 1700.

7. JEANNE MAGNAN, mariée le 17 mars 1518 à noble Pierre AMOUREUX, de Pierrevert, fils de feu Baudet Amoureux. Elle reçut par contrat (Eyriès aux Mées) de ses oncle, frères et tante 450 florins de dot.

8. MARGUERITE MAGNAN, mariée dès 1517 à Pierre EVESQUE, de Sisteron, portée comme légataire aux testaments de ses frères Jean et Olivier.

IV

LOUIS MAGNAN, second fils d'André se maria avec Anne de CARENNE, noble vénitienne, duquel mariage sortirent :

1. Valentin Magnan, qui suit,

2. Guillaumette Magnan

3. et Jeanne Magnan, qui furent mariées suivant leur condition.

V

Valentin Magnan, écuyer, est un personnage auquel il convient de s'arrêter un instant, car il joua un rôle dans les évènements qui se produisirent alors dans sa famille, dans sa ville et en Provence.

Valentin porta les armes, dit le mémoire annexé aux Preuves de 1788. Il fut employé par M. le Comte de Tende pour lors gouverneur de Provence, à la prise du fort Saint-André, dont les Huguenots s'étaient saisis et rebellés contre le Roi, qu'il remit en son obéissance, et en fut fait gouverneur par le dit seigneur de Tende tout le temps de la guerre. Esmieu lui donne le grade de capitaine (p. 359).

En 1572 Valentin fut consul des Mées, et sous son consulat fut consommée l'œuvre entreprise par les consuls cinquante ans auparavant d'affranchir la communauté. Ç'avait été le 4 février 1519 (Pélissier aux Mées) que Jacques de Beaufort, seigneur des Mées, avait commencé de céder aux habitants divers droits féodaux, les fours, les moulins, les défens : Olivier Magnan, dont il a été parlé, était alors à la tête de la municipalité. En 1551, le 15 juillet, devant Jean Arnaud, notaire à La Mote-du-Caire, les habitants acquièrent de Marc de Beaufort, alors seigneur des Mées, toutes les censives et redevances féodales. En 1570, le 25 novembre, nouvelle acquisition de droits seigneuriaux. « Il ne leur restait plus, dit Esmieu, pour parvenir à la liberté et à l'indépendance après laquelle ils soupiraient depuis longtemps, qu'à réunir la juridiction, les directes, le péage, le château et les autres propriétées que le seigneur avait encore aux Mées. Ils mirent le sceau à leur entier affranchissement en faisant cette dernière acquisition de Jean de Beaufort autorisé par Marc de Beaufort, son père, au prix de 19.200 livres par acte du 12 décembre 1572, qui fut passé en Auvergne. »

Telle est l'œuvre qui fut accomplie, et voici la part qu'y prit Valentin. Esmieu ajoute : « Parmi les hommes qui concoururent par leurs lumières et leur active sollicitude à ces actes d'affranchissement nous devons surtout signaler Valentin Magnan, que ses talents politiques et militaires avaient appelé aux premières places de son pays et dans les armées, où il avait servi avec distinction sa patrie. Il fut député plusieurs fois par ses concitoyens vers le marquis de Canillac en Auvergne pour traiter avec lui cette importante affaire, et ensuite à Paris pour obtenir l'autorisation de la vente. Les succès complets qui couronnèrent ses démarches prouvèrent à ses citoyens qu'il était bien digne de la confiance qu'ils avaient en lui. Le Prince dut concevoir une idée avantageuse de son mérite, puisqu'il le nomma son viguier perpétuel aux Mées ».

Le viguier, juge royal, succédait au bailli, juge seigneurial : la même tâche qu'avait remplie Guillaume Magnan 150 ans auparavant échut alors à Valentin.

Vers l'an 1561 parut un édit du Roi Charles IX à l'occasion des désordres provoqués par la Réforme, qui fit défense à tous les habitants du royaume de sortir armés. Les roturiers se virent contraints de solliciter du Roi une permission spéciale de porter l'épée, et les gentilshommes de justifier de leur qualité. On vit alors en Provence de nombreuses recherches de noblesse. Valentin par ses états de service était très qualifié pour revendiquer les droits de sa famille ; il n'y manqua pas. « Presque en ces mesmes jours », écrit Nostradamus pour l'année 1566 (hist. et chr. de Prov. Lyon, 1614, p.804) quelques uns voulurent mettre en dispute la qualité des Magnans des Mées et avancer qu'ils ne devoient point jouyr des privilèges des nobles. Mais comme Jacques et Valentin Magnans eurent produit l'hommage que Bertrand, leur ancestre, avoit fait à Charles dernier de la maison d'Anjou des lieux de Bezaudun, l'Escale et Malisgeay, et encore mis sur le tapis l'acte de Marcelin Magnan, qui se présenta pour estre receu chevalier de Rhodes et à faire ses preuves de noblesse (où selon la rigueur de cet ordre entrent les armes de quatre familles différentes et quatorze personnes sans y comprendre la présente tant paternelles que maternelles, selon la rigueur de cet ordre, que j'ay veu souvent relaxer, quoi que chantent leurs statuts), et finalement l'hommage d'Olivier Magnan pour la place d'Auribeau depuis tombée en la famille des Seguirans : ce doubte fut esclaircy et vuidé grandement à leur honneur par le lieutenant de Digne, auquel ils firent voir que les Magnans avoient porté d'une légitime suite *d'argent à trois faisses d'azur sous un chef de gueules chargé de trois estoilles d'or.* » Cette sentence est du 16 août 1566 ; une expédition délivrée par Amaudic, greffier de la Sénéchaussée de Digne, est visée aux mémoires de 1700 et 1788.

Valentin épousa Marguerite AGUILLERI, « noble piémontoise ». Il en eut cinq fils et trois filles :

1. JEAN DE MAGNAN, qui suit,

2. 3. 4. ARTUS, SCIPION et MOÏSE DE MAGNAN furent officiers dans le régiment des Gardes du Roi et moururent au service.

5. CÉSAR DE MAGNAN, après avoir longtemps porté les armes, fut employé par le duc de la Valette, gouverneur et lieutenant général pour le Roi en Provence, qui lui donna le commandement du château de Sénès avec 80 hommes de pied par commission du 22 octobre 1594. Un trait de libéralité à son honneur est consigné dans un acte public du 26 mai 1590 (Geoffroy aux Mées) rapporté par Esmieu : c'est une déclaration faite par César de Magnan aux consuls des Mées de ne vouloir rien demander à la ville des dépenses par lui faites pour la fortification du vieux château en vertu de la commission du duc de la Valette « dans le cas que le Roi lui assignât aucune somme à prendre sur la communauté, dont il la décharge. » Esmieu en prend texte pour louer les Magnan d'avoir lors des guerres civiles de la Ligue « employé leur crédit, leurs talents militaires et politiques et sacrifié leur propre intérêt pour soulager les maux de la guerre. »

César épousa en premiers noces demoiselle Richelmi, fille de François, seigneur de La Javie, et en deuxième noces Jeanne de Robineau, de Pertuis. Du premier lit il vint deux fils :

*a*) Jacques de Magnan, et

*b*) Antoine de Magnan, morts tous deux à l'armée.

6. Anne de Magnan, aînée des filles de Valentin, épousa avant le 29 mars 1610 André Roux, de Valensole.

7. Julie de Magnan fut mariée, dit-on.

8. Claire de Magnan épousa en premières noces Georges Combes, docteur en médecine, de Valensole, et en deuxième noces, le 10 novembre 1609, Honoré Chaurand, praticien du même lieu (Constant Bouffier).

## VI

Jean de Magnan, aîné et héritier de la maison, fut premier consul des Mées aux années 1605, 1609, 1617, 1624, 1632. Il rédigea en 1617 le premier règlement qu'on trouve au registre en vue de l'expédition des affaires.

Il possédait aux Mées une maison « au bout de la rue de l'Eglise à droite en descendant, remarquable par sa belle exposition, par une cour ombragée de souches de raisin muscat, par son jardin au midi arrosé des eaux d'une fontaine qui coule vis-à-vis la grande porte d'entrée, par des écuries, cour et remises très spacieuses et très commodes » (Esmieu, p. 34), la plus belle maison du pays assurément.

Jean se maria à Cadenet, le 21 avril 1604 avec Marguerite (alias Anne) d'Oraison (mémoire de 1700 et Tables de Clapiers, mges IV, Sénéch. p. 137), duquel mariage il eut :

1. Jean-Baptiste de Magnan, qui suit,

2. Françoise de Magnan et

3. Anne de Magnan, qui furent mariées à deux docteurs.

# VII

JEAN-BAPTISTE DE MAGNAN fut marié avec demoiselle Marguerite PEIRACHE, fille d'Antoine, avocat, et en eut :

# VIII

ANTOINE DE MAGNAN, qui fut marié avec Marie de ROUX de la ville de Riez, qu'il délaissa veuve avec trois enfants.

Durant le veuvage de Marie de Roux parut l'édit de Louis XIV de septembre 1696 qui ordonnait l'enregistrement des armoiries de tous les nobles, bourgeois vivant noblement, confréries, corporations et communes du royaume. Cette mesure, dont le but immédiat était de faire rentrer quelques fonds au trésor royal, a eu pour résultat d'établir la liste des notables à la fin du XVIIe siècle et de fournir sur nombre d'entre eux des renseignements d'état-civil ou de famille qui avec le temps et à raison de la disparition de quantité d'archives ont acquis quelque prix. Marie de Roux fit enregister les armes de son mari conformément à ce que nous avons vu. (Bibl. Nat. Etat des Prov. I. p. 844, n° 12, et Blasons col. Prov. II. p. 1569). Pris à la tête de la maison de Magnan cet enregistrement est plus exact que ceux qui furent faits dans le même temps pour d'autres branches.

Les enfants d'Antoine sont :

1. JEAN-BAPTISTE DE MAGNAN, né vers 1680, qui mourut le 29 mai 1718 sans avoir été marié.

2. FRANÇOISE DE MAGNAN, morte jeune.

3. CLAIRE DE MAGNAN, probablement née en 1670, mariée à Louis Châtelar, avocat, et décédée aux Mées le 6 décembre 1754.

## DEUXIÈME BRANCHE DES MÉES

---

## IV

RICHARD MAGNAN, plus jeune fils d'André, eut une postérité mâle qui s'est continuée jusqu'en 1887,

Il fut premier syndic des Mées en 1520 et 1533.

Il posséda les droits féodaux d'Antoinette Brunet, sa mère, à Forcalquier et Mane, desquels divers particuliers lui passèrent reconnaissance aux années 1540-41 (P. Bandoly à Forcalquier, cité par les Preuves de 1788). Il posséda notamment à Forcalquier, rue du Portail-Chambon, une maison et un jardin. C'est dans la même rue qu'en 1811 François de Magnan, descendant au septième degré de Richard, acheta une maison où naquit Paul de Magnan, dernier de cette ligne (L. de Berluc-P.).

Richard avait épousé noble Catherine CROZE, fille de Pierre, auteur des seigneurs de Montlaur et du Revest : le 22 juillet 1505 (Ant. Hermite aux Mées), ils donnèrent quittance à leur père et beau-père de partie de la dot et des habits nuptiaux. Il eut trois fils et trois filles ; le règlement de sa succession entre ses enfants eut lieu par transaction du 13 avril 1562 (R. Magnan-Blanc aux Mées visé par Pr.).

Ses enfants furent :

1. ANTOINE MAGNAN, qui suit ;

2. JACQUES MAGNAN, qui obtint avec son cousin Valentin la sentence du 16 août 1566 qui reconnaît leur noblesse. Jacques fut premier consul des Mées en 1558 et il agit pour la ville en

un procès contre la communauté voisine de Malijai. Il céda à son frère Antoine sa part des rentes en blé qu'ils percevaient aux lieux de Niozelle, La Brillane et Lurs. Il fut marié à noble Lucie CALVI DE REILLANE et en eut :

*a*) ANNIBAL MAGNAN, mort sans alliance à l'âge de 88 ans ;

*b*) RICHARD MAGNAN,

*c*) ROLLAND MAGNAN,

*d*) HECTOR MAGNAN, qui moururent à l'armée ;

*e*) ISABEAU MAGNAN et

*f*) ANNE MAGNAN, qui furent mariées et héritèrent de leurs frères. — Anne peut être identifiée avec « Anne Magnane du lieu de LES MÉEIS, femme de M. François DE BELHONNEUR, advocat, ensevelie à l'église Saint-Sauveur » de Manosque le 11 avril 1620.

3. OLIVIER MAGNAN, troisième fils de Richard, mort au service du Roi ;

4. LUCRÈCE MAGNAN, épousa Jacques de MONTFORT, des Mées ;

5. MARGUERITE MAGNAN et

6. ANNE MAGNAN, mariées suivant leur condition.


## V


ANTOINE MAGNAN, fils aîné de Richard, né le 9 octobre 1520, eut à Mane les droits féodaux qui venaient de son aïeule Antoinette Brunet.

Il était licencié ès-droits et figure au testament d'Olivier, son oncle, en 1456, comme l'un des exécuteurs testamentaires. Esmieu le donne comme docteur ès-droits et consul aux années 1566 et 1567. C'est durant sa magistrature que fut rendue au profit de son frère Jacques et de son cousin Valentin la sentence du lieutenant de Digne du 16 août 1566 qui les déclarait nobles. Le mémoire de 1700 et Artefeuil s'évertuent à expliquer qu'Antoine était alors absent, en voyage, et que bien qu'omis dans la sentence, il était aussi noble que son frère Jacques. La qualité d'écuyer donnée à Antoine par quatre actes notariés visés au mémoire de 1788 et répétée par Esmieu suffit comme signe de sa noblesse personnelle. Mais pour expliquer le silence que garda Antoine en 1566 il faut supposer qu'il exerçait alors un métier qui dérogeait : témoin les termes du testament d'Olivier en 1556 où Antoine est qualifié « maître » comme les notaires et les artisans, tandis que Jacques est qualifié « noble »,

Antoine épousa le 2 avril 1552 (Romieu aux Mées) Honorade DE LATIL, d'une très ancienne maison des Mées qui posséda de nombreuses terres seigneuriales : Entraigues, Roquefeuil, Convertis, Volx, Le Vilhosc, Taloire, presque tous les domaines en dessous et à l'ouest de la ville et de grandes richesses, qui fit recevoir l'un des siens, Henri Latil, en 1592 chevalier de Saint-Jean de Jérusalem : il est dit dans l'enquête prise que le père possédait plus de 50.000 écus de biens (Esmieu p. 197). Antoine mourut en 1571 intestat. Un inventaire fait en la dite année par le lieutenant général en la Sénéchaussée de Digne constata les biens meubles, immeubles et capitaux délaissés par Antoine aux Mées, à Digne et plusieurs autres endroits.

Il laissait sept enfants mineurs sous la tutelle de leur mère :

1. JOSEPH DE MAGNAN, qui suit ;

2. FRÉDÉRIC DE MAGNAN, qui porta longtemps les armes. Il avait été maréchal des logis du Marquis de Buoux, qui avait fait une compagnie de cavalerie au service de la Ligue. « Pour lors les mareschaus de logis avoient des brevets d'officier », dit le mémoire de 1700, et dans l'histoire de Provence de Nostradamus il est fait mention de plusieurs faits d'armes de Frédéric, qui fut blessé au combat d'Esparron-les-Pallières le 15 avril 1591 (1).

Il devint en 1596 viguier et capitaine pour le Roi en la ville des Mées sur la résignation de son oncle à la mode de Breta-

---

(1) Il n'y eut dans ce combat « ny perte de morts ou de prisonniers de marque, hors de Magnan, qui s'y trouva la joue percée d'un coup de pistolet et fait prisonnier de guerre. » (Nostradamus, hist. et chr. de Prov., Lyon, 1614. p. 902.)

gne Valentin Magnan. En 1600 il fut consul des Mées. Il résigna
sa charge én 1624 en faveur de son neveu Antoine et mourut sans
avoir été marié. Il testa avec son frère Hercule le 6 avril 1586 en
faveur de Joseph, leur frère aîné.

3. HERCULE DE MAGNAN, qui mourut au service ;

4. AUBERT OU ALBERT DE MAGNAN, qui mourut jeune ;

5. CLAUDETTE DE MAGNAN,

6. CASSANDRE DE MAGNAN et

7. CATHERINE DE MAGNAN, qui furent mariées, dit-on.


## VI


JOSEPH DE MAGNAN fut capitaine, et après quelques années il laissa
sa compagnie à son frère Hercule, et il se maria le 6 janvier 1585
(Th. Joannis à Avignon) avec Elisabeth de POL DE SAINT-TRONQUET,
nièce du grand Crillon.

Il fut consul trois fois, aux années 1590, 1606, 1610.

Il eut de son mariage :

1. ANTOINE DE MAGNAN, qui suit,

2. JOSEPH OU JOSÈPHE DE MAGNAN dont on ne sait rien, et

3. CATHERINE DE MAGNAN, qui épousa Henri AMALRIC, écuyer de
Digne, fils de feu André, par contrat du 28 mai 1615 (H. Salva-
tor aux Mées).


## VII


ANTOINE DE MAGNAN, fils unique de Joseph, épousa le 18 février
1624 Marguerite BODO, fille de Christol du lieu de Saint-Michel.
Dans le contrat Frédéric de Magnan, son oncle, viguier et capitaine
pour le Roi en la ville des Mées, lui fait donation de son office de

viguier, qu'il résigne entre les mains du Roi ou de Monseigneur son chancelier (Mari Martini à Saint-Michel). L'année suivante, 24 avril 1625, Antoine donna quittance à son beau-père de la somme de 1200 livres pour entier paiement de la dot et des coffres, robes et joyaux promis au contrat (Bertrand Reynaud à Saint-Michel).

Antoine fut installé dans sa charge de viguier royal en vertu des lettres de provision du Roi Louis XIII du 28 septembre 1627, mais il ne l'exerça pas longtemps, car dès 1628 la charge avait passé à Jean Gache, petit-neveu de la femme d'Olivier de Magnan. Durant sa judicature une épidémie de peste éclata aux Mées : Antoine assista aux délibérations que tint journellement sur les mesures à prendre un bureau composé des Consuls, des Intendants de la Santé et du Procureur du Roi.

Antoine mourut intestat le 25 janvier 1663, et sa femme le suivit au tombeau le 4 janvier 1667. D'eux vinrent neuf enfants :

1. FRANÇOIS DE MAGNAN, qui suit ;

2. JOSEPH DE MAGNAN, docteur en théologie, prêtre, chanoine de l'église paroissiale Saint-Symphorien d'Avignon et recteur perpétuel du Collège Saint-Michel de la même ville. Il partagea avec son frère Antoine le 2 septembre 1675 les successions de leurs père et mère (P. Lardeyrety à Manosque).

3. JEAN DE MAGNAN, mort à l'armée ;

4. FRANÇOIS DE MAGNAN,

5. JACQUES DE MAGNAN,

6. CHARLES DE MAGNAN, morts jeunes ;

7. JOSEPH DE MAGNAN, qui fut page de son oncle le vice-légat Lascaris, et mourut à Paris de maladie ;

8. ANNE DE MAGNAN et

9. MAGDELEINE DE MAGNAN, mortes enfants.

## VIII

François de Magnan, fils d'Antoine et de Marguerite Boddo, habita Avignon aux années 1673 et 1675. Il fut premier consul des Mées en 1682 et 1691 ; il en fut maire en 1707, car dans l'intervalle ce titre nouveau assorti d'une redevance au Roi avait été imposé au premier magistrat du bourg.

Il dut payer d'autre part vingt livres au Roi ensuite de l'édit de 1696 pour enregistrement de ses armoiries (arm. gén. d'Hozier, p. 844, art. 12).

Il donna à rente, le 24 août 1694, à Antoine Aillaud ses bastides « avec les terres en dépendantes » situées au terroir des Mées, quartiers des Magnans et de Gandalon (Reibaud aux Mées).

François épousa noble Anne de Garnier, fille de feu Jean-Antoine, avocat en la Cour, et de Gabrielle de Chevalli, le 7 juin 1684 (Lardeirety à Manosque). Il en eut :

1. Joseph de Magnan, qui suit,

2. Gabrielle de Magnan, mariée à Mathieu de Roux de Laric, docteur-médecin, et

3. Jeanne-Françoise de Magnan, morte en bas âge.

## IX

Joseph de Magnan, fils de François et d'Anne de Garnier, fut premier consul des Mées en 1723 et 1728.

Il arrenta le 29 juillet 1713 à Charles Barbarin sa bastide et biens en dépendant situés au quartier des Magnans (Arnoux aux Mées).

Il épousa Elisabeth de Nadal de Beauvezer, fille de Louis, seigneur de Beauvezer, et de feue Marguerite de Reynoard. Les Nadal avaient leur résidence aux Mées depuis le xvi⁰ siècle. Ensuite de cette union et faute chez eux de descendance mâle, leurs biens échurent à la famille de Magnan.

Joseph testa le 14 septembre 1757 (Bontemps aux Mées).

Il eut de son mariage treize enfants :

1. LOUIS DE MAGNAN, né aux Mées vers 1714, enseveli aux Mées le 5 juillet 1726 ;

2. JOSEPH (ou Joseph-Averd) DE MAGNAN, baptisé le 26 mars 1721, décédé le 28 mai suivant ;

3. JEAN-ANTOINE, baptisé aux Mées le 1ᵉʳ mai 1722, enseveli le 20 décembre 1737 :

4. AUGUSTIN DE MAGNAN, qui suit ;

5. MICHEL-FRANÇOIS DE MAGNAN, baptisé aux Mées le 12 juin 1730, lieutenant au régiment des Grenadiers Royaux en 1757, puis capitaine et chevalier de Saint-Louis, mort sans alliance ;

6. JEAN-JOSEPH DE MAGNAN, né aux Mées le 19 mars 1733, mort jeune ;

7. JEAN-BAPTISTE DE MAGNAN, baptisé aux Mées le 16 décembre 1736, mort jeune ;

8. MAGDELEINE DE MAGNAN, baptisée aux Mées le 1ᵉʳ juillet 1713, présente en 1721 au baptême de son frère Joseph ;

9. DOROTHÉE-MARIE DE MAGNAN, baptisée aux Mées le 15 août 1716 ;

10. ANNE-MAGDELEINE DE MAGNAN, baptisée aux Mées le 13 janvier 1719, décédé le 14 février 1720 ;

11. MARGUERITE-LUCRESSE DE MAGNAN, baptisée aux Mées le 1ᵉʳ mai 1722, jumelle de Jean-Antoine, ensevelie le 4 octobre 1724 ;

12. ANNE-THÉRÈSE DE MAGNAN, baptisée aux Mées le 21 juin 1724,

13. et GENEVIÈVE-URSULE DE MAGNAN, jumelle d'Anne-Thérèse, qui fut marraine en 1781, de François-Joseph.

# X

AUGUSTIN DE MAGNAN, fils de Joseph et d'Elisabeth de Nadal, né aux Mées le 2 novembre 1726, servit longtemps. Etant capitaine au régiment des grenadiers de Blosset à Grenoble, il se maria le 18 août 1766 avec Marguerite-Delphine BELLIER, fille de feu Pierre, veuve de Pierre JÉRÔME, avocat à Valensole (Chaylan à Valensole).

Rentré aux Mées avec la croix de Saint-Louis, il y fut maire en l'année 1775. Il habita hors la ville un joli pavillon flanqué de deux tours sur la route de Digne au pont des Mées au croisement d'une traverse qui descend de la grande place. Au pavillon ont été annexées des constructions légères assez vastes qu'occupe la confiserie des Alpes, Veyan et C<sup>le</sup>.

Le 7 janvier 1780, étant devenu veuf et n'ayant pas d'enfants, il épousa Anne-Gabrielle de GOMBERT-SAINT-GENIEZ, fille de Jean-Baptiste-François, seigneur de Saint-Geniez, Dromon et sa Vallée, et d'Anne-Marthe de Grimaldi, des Princes de Monaco (Dalmas à Dromon).

Augustin prit part en 1789 comme président du collège électoral à l'élection des députés de l'ordre de la noblesse. Durant la Révolution il n'émigra pas.

Il mourut aux Mées le 29 juin 1800 (10 messidor an VIII). Esmieu couvre son cercueil de copieux éloges. « Cette famille a fourni dans tous les temps des citoyens recommandables par leur patriotisme pur et désintéressé et par la pratique des vertus sociales. Ces belles qualités se trouvaient réunies dans Augustin de Magnan que cette ville perdit en l'an VII (c'est une erreur), et qui emporta les regrets unanimes de ses concitoyens. Aussi les magistrats municipaux, interprètes de leurs sentiments, décernèrent moins à sa qualité d'ancien militaire distingué (la victoire de Marengo valait à l'armée maint hommage) qu'à ses vertus civiques des honneurs funéraires peu communs, etc... Son fils encore jeune n'a qu'à suivre ce modèle ».

Augustin laissait deux enfants :

1. FRANÇOIS-JOSEPH DE MAGNAN, qui suit, et

2. PAULINE-BONNE DE MAGNAN. qui fut mariée à Jean-André THÉZÉ, de Lurs, docteur en médecine aux Mées.

Anne de Gombert, leur mère, mourut aux Mées le 20 août 1809.


## XI


FRANÇOIS-JOSEPH DE MAGNAN, né aux Mées le 7 avril 1781, petit, fort, la démarche mal assurée, la face rasée, les yeux doux, semblait vraiment le plus pacifique des hommes. Cependant il avait un passé guerrier.

Tout jeune, à 7 ou 8 ans, il entra comme élève au collège militaire de Tournon (Ardèche), non sans avoir fait très régulièrement ses preuves de noblesse. La Révolution arrêta sa carrière, car peu d'années après on le trouve remplissant l'office de maître d'étude au même collège. Le 6 janvier 1807 il est nommé avoué près le Tribunal civil de Forcalquier, puis juge suppléant. C'est là le début de sa carrière judiciaire, qui le mena assez loin. Le 2 juillet 1810 il épousa à Aix Sophie BÉRAUD, dont le père avait été lieutenant général civil de la Sénéchaussée de Forcalquier, et dont la mère était sœur des deux généraux de Miollis.

A la première Restauration, au moment de l'organisation des Gardes Nationales, il est nommé colonel de la légion de la rive droite de la Durance (arrondissements de Forcalquier et Sisteron) : c'est assurément à la recommandation de ses oncles Miollis qu'il le doit, plutôt qu'à ses études de Tournon. A la nouvelle du débarquement de Napoléon au Golfe Jouan, François prit au sérieux, tout

avoué qu'il était, son rôle de colonel, fit marcher sa légion contre
l'Empereur avec ordre de le fusiller : le roi Murat le fut bien en
octobre de la même année. Mais quand la troupe arriva à Peyruis sur
la Durance, l'Empereur était passé. Pourtant François avait fait de
bien beaux plans de campagne : il avait combiné d'entrer dans Sisteron, qui était hostile, par une arche qui déverse à la rivière les
immondices de la ville et de surprendre la maison de Gombert qui
s'élève sur cette arche... François était débordé, mais non battu : sa
troupe était intacte. L'Empereur, pensa-t-il, ne saurait durer longtemps... et il gagna la montagne à proximité de Sisteron, vivant sur
le pays et guêtant une défaillance des autorités impériales qui
s'étaient immédiatement reconstituées. Il attendit quarante jours. Mais
Waterloo n'était pas encore proche. François licencia sa troupe et
regagna sagement son étude.

Après les Cent Jours, il se prévalut de sa bonne volonté auprès
du gouvernement de Louis XVIII comme d'un succès et il demanda
en récompense le commandement d'un régiment de l'armée active.
Il existe un état des officiers et gradés de la légion avec en regard de
chaque nom un mot sur l'aptitude de chacun :, or en tête, à côté du
nom de François de Magnan, de sa profession d'avoué et de son
grade de colonel, on lit ces mots écrits de sa main : « Tout grade
supérieur ». Bien qu'il n'ait pas fait droit à cette audacieuse demande,
le Roi ne se montra pas ingrat : il le nomma son Procureur au Tribunal civil d'Avignon. François devint ensuite avocat général près
la Cour Royale d'Aix, et enfin conseiller à la Cour (L. de Berluc-P. et
A. d'Estienne). Mis à la retraite en 1851, il fut nommé conseiller
honoraire. Le drapeau blanc de la légion de la Garde Nationale
qu'il avait commandée demeura entre ses mains.

François de Magnan se lia de bonne heure avec Joseph Magnan
de la Roquette, de la ligne Cérestine des Magnan : lors du mariage
de François avec Sophie Béraud célébré à Aix le 2 juillet 1810, les
témoins furent Jean-André Thézé, beau-frère de l'époux, Fr.-J.-A.
Méjy, cousin-germain de l'épouse, Joseph Magnan de la Roquette,

cousin de l'époux, et Auguste Gautier, instituteur. Ce rappel de la loin-
taine parenté des deux branches s'accompagna d'une durable amitié.

Ses ancêtres aux Mées s'étaient unis aux meilleures familles bas-
alpines ; lui-même en épousant Sophie Béraud se trouva allié d'un
coup avec une grande partie de la noblesse aixoise. Sophie était la
petite-fille de Laurens-Joseph de Miollis, lieutenant général criminel,
puis conseiller du Roi à la Cour des Comptes de Provence, et par
ailleurs assesseur d'Aix, procureur du pays. Par sa grand'mère Th.-
Delphine Boyer de Fonscolombe, épouse de Miollis, Sophie était la
cousine des barons de Fonscolombe-la-Mole et de Meyronnet-Saint-
Marc. Sa bisaïeule Marie-Anne Blanc, épouse de J.-B. Miollis, greffier en chef du Parlement, l'apparentait aux d'Arnaud, aux Sallier,
aux Mathieu, aux de Bec. Sa trisaïeule Marguerite de Seguiran, épouse
de César Miollis, procureur au Parlement, descendait des Séguiran-
Saint-Estève et des Chassignolles.

L'aîné des oncles de Sophie, Honoré de Miollis, conseiller à la
Cour des Comptes, avait été une grande intelligence. Le second,
Balthazar de Miollis, adjudant général, devait être l'aïeul du commandant Duveyrier. Bienvenu de Miollis, évêque de Digne, troisième
oncle de Sophie, est réputé un saint. Gabriel, baron de Miollis, préfet
du Finistère, rendit Sophie cousine des Kirillis-Kalloch, Le Moing
de Trobriant, du Couédic de Kergoaler. Son plus jeune oncle était
Sextius, général comte de Miollis, qui ne mit aucune incorrection
dans l'occupation de Rome qu'il fit par ordre de l'Empereur en 1808.
Trois tantes de Sophie l'allièrent l'une aux Mauricheau-Beaupré, aux
Menut, au commandant Sibour, l'autre aux d'Estienne-de-Saint-Jean
et aux d'Estienne d'Orve, la troisième aux de Ribbe, qui ont produit
au XIX^e siècle un historien, deux magistrats et deux jésuites.

François de Magnan décéda à Aix le 28 décembre 1870 à l'âge
de 89 ans. Il avait eu de son mariage cinq enfants :

   1. JOSEPH-FRANÇOIS-VALENTIN DE MAGNAN, né à Forcalquier le
25 novembre 1815, mort enfant ;

2. PAUL-Pierre-Abdon DE MAGNAN, qui suit ;

3. JOSEPH-Emilien-Charles DE MAGNAN, né à Aix le 25 mai 1822, filleul de Joseph Magnan de La Roquette de la ligne Cérestine, mort jeune ;

4. AUGUSTINE-Anne-Françoise DE MAGNAN, née à Forcalquier le 7 juin 1812, morte en bas-âge.

5. Pauline-Gabrielle-HORTENSE-DÉSIRÉE DE MAGNAN, née à Forcalquier le 24 février 1814, épousa à Aix le 7 août 1838 Jacques LABAT, président du Tribunal civil de Forcalquier, fils de Bertrand et de Louise de Goulard, originaire de Lectoures. Au pied de l'acte, auprès des signatures des Duveyrier, de Beauquaire, d'Estienne et de Ribbe, nous voyons celles d'Adrien et d'Emile Magnan, descendants de la ligne Cérestine, familièrement appelés les Magnan de Barbebelle. Hortense eut sur son père et son frère beaucoup d'influence. Elle exerça à Aix autour d'elle une réelle autorité morale. En badinant on la rangeait parmis les Mères de l'Eglise.

De son mariage il vint trois filles ; seule l'aînée Marie-Thérèse Labat survécut à sa mère, hérita d'une partie du mobilier de Paul de Magnan, son oncle, et mourut à Aix le 23 janvier 1895.


## XII


PAUL-Pierre-Abdon DE MAGNAN, né à Forcalquier le 25 juin 1817, était apparemment le filleul de Paul-Abdon de Tende, forcalquiérois ami de son père, qui descendait de René, bâtard de Savoie, comte de Tende, gouverneur de Provence sous François Ier.

Paul dans sa jeunesse passa plusieurs années à Paris, écrivant à l'*Union* et à la *Gazette de France* avec quelque talent. Il s'y lia avec M. de Falloux. Rentré à Aix il écrivit au *Mémorial d'Aix* des articles remarqués. Ses amis furent alors le conseiller de La Calade, N.

Dufaur, Constantin Gajenski, poète polonais qu'il admirait : quand Gajenski mourut, Paul fit les frais de ses funérailles et de sa tombe au cimetière d'Aix.

Paul faisait lui-même de jolis vers et ses amis ont conservé de lui quelques pièces de circonstance : témoin son toast à la famille d'Estienne à l'occasion de son retour au château de Saint-Jean de La Salle en 1872 :

> « Il est venu le jour... O manoir, tu tressailles !
> Des pas inespérés émeuvent tes entrailles ;
> Le vieux sang coule encore : ouvre tes larges flancs,
> Et dans ton cœur de pierre accueille tes enfants.
> Ils ont porté ton nom ainsi qu'une relique,
> Un insigne venu de l'époque héroïque.
> Emus et pénétrés à ton sévère aspect,
> Ils viennent imprégnés d'amour et de respect,
> Ils viennent aujourd'hui demander ici-même
> Au manoir primitif comme un second baptême.
> Etc... »

Paul entretint un commerce de vers avec Victor de Laprade, et si nous n'avons pas les envois de Paul, du moins les vers du poète lyonnais nous donnent bien la physionomie de leur amitié : c'était la communauté de leurs sentiments catholiques et royalistes qui les unissaient. La liaison était ancienne entre les deux familles : François de Magnan, père de Paul, avait connu le père de Laprade, et quand le père de Laprade mourut, Paul fut présent à ses derniers moments.

Laprade avait fait son droit à Aix ; il a dédié à Paul de Magnan son volume *Poèmes Civiques* (Paris, Didier, 1862) en une préface où se lisent ces vers magnifiques :

> « C'est vous qu'ici je lègue à mes fils, à mes filles
> Pour leur montrer la route où marchaient nos familles
> Et parfaire avec eux ce siècle d'amitié
> Dont nos pères ont vu la plus longue moitié. »

Suit un brillant commentaire du célibat de Paul de Magnan :

> « Vous n'avez pas voulu sous ce ciel qui menace
> A ce lâche avenir confier votre race :
> La chaîne d'or en vous eut son dernier chaînon ;
> Mes enfants n'auront pas d'enfants de votre nom.
> Je les plains, je les plains : ils vivront dans un âge
> En amitié plus pauvre et plus pauvre en courage.
> Mais pour vous, pour ce nom, pour votre vieille foi
> Je vous en applaudis, vous fîtes mieux que moi.
> Emportant au tombeau votre race et vos armes
> Vous pourrez au tombeau vous coucher sans alarmes,
> Heureux de voir en vous finir votre maison,
> De rendre à vos aïeux votre intègre blason,
> D'épargner à leur nom, fier de Malte et de Rhode,
> L'affront d'être porté sous un futur Commode.
> Moi, de ce nom fidèle aux dieux que je défends
> Je veux orner ce livre écrit pour mes enfants.
> Ce nom leur donnera des conseils de noblesse
> Quand vos mains cesseront d'étayer leur faiblesse,
> Quand vous m'aurez rejoint, quand plus rien de nous deux
> Hors mes vers et ce nom ne veillera près d'eux,
> Laissons-leur à chacun contre la foule impure
> Ce double souvenir comme une double armure ;
> Et pour ceindre les flancs d'un athlète affermi
> Tressons l'honneur d'un père à l'honneur d'un ami. »

L'allégation de Laprade : « Heureux de voir en vous finir votre maison » était loin d'être exacte, ainsi que le montreront les chapitres qui vont suivre. Et son souhait que Paul parfasse avec ses enfants « ce siècle d'amitié » ne s'est pas non plus réalisée : les fils du poète étaient brouillés avec Paul quand il mourut.

Il est à Aix une petite rue au quartier des Cordeliers nommée « rue des Magnans ». Paul, qui était très lié avec Bessalé Bédarride, avoué, juif et maire d'Aix, disait : « Si j'avais eu un fils, j'aurais demandé à Bessalé de faire rétablir le vrai nom ; j'aurais au besoin changé les plaques indicatrices à mes frais : rue de Magnan ». Cette rue tient son nom, non pas des vers à soie, ni d'aucun des Magnan venus de Bayons, mais d'un personnage du xvie siècle qui y avait son hôtel : Hugon Bompar, seigneur de Magnan, trésorier des Etats de Provence. Magnan était le nom d'un quartier d'Istres érigé en fief en sa faveur par lettres patentes d'avril 1533.

Comme ami de Paul de Magnan citons encore Pascal Roux. Par contre il était au plus mal avec le premier président Rigaud ; il « l'ignorait », ayant, lui royaliste, estimé une défection le passage de Rigaud à l'Empire.

Le parti royaliste montra en ce temps une certaine activité. Le marquis de Foresta-la-Roquette allait chaque année visiter à Frosdorf le comte de Chambord, puis muni d'instructions il rentrait au château des Tours près Séon-Saint-André ou à sa propriété des Milles pour diriger l'action du parti dans le département des Bouches-du-Rhône. Paul de Magnan fut le représentant à Aix du marquis de Foresta. Président du comité royaliste, lorsque M. Bournat, de Jouques, se présenta aux élections, il lui opposa M. Poujoulat. Paul par son entrain fit illusion à beaucoup de gens sur les chances de son candidat. Dans une réunion privée donnée dans un local de la rue Méjanes peu de jours avant le scrutin, la salle étant comble, Paul présenta Poujalat aux électeurs ; il prononça un discours étincelant de verve qui enthousiasma l'auditoire. Napoléon fut qualifié de « César de pacotille » et de « gendarme couronné ». D'unanimes applaudissements saluèrent le talent oratoire du président, mais n'empêchèrent pas l'échec du candidat qu'il patronnait.

Paul avait pour chef d'état-major Roux-Chambord, mercier à la rue Méjanes, au coin de la rue de la Glacière. Après une campagne malheureuse et l'insuccès des candidats de Magnan et de Roux, le *National*, journal aixois hebdomadaire, écrivit : « *Lei Magnan an pas riussi aquest an* ». C'est la plainte ordinaire des Provençaux éleveurs de vers à soie.

Quand l'Empire devint libéral, l'opposition ne désarma pas. Paul de Magnan fut l'âme de la coalition qui soutint les candidatures de Berryer, Thiers et Marie. Il intervint personnellement auprès des légitimistes récalcitrants, qui avaient gardé rancune à M. Thiers, et un vieil ouvrier peintre auprès de qui il insistait, lui répondit : « *Lou voulès ? Ben quand l'aurès, de lontems lou derrabarès pas !* » Parole prophétique, si l'on entend avec Thiers les républicains qui étaient derrière lui.

L'empire écroulé, l'opposition se porta sur un autre terrain. Très autoritaire, très personnel, Paul vit avec chagrin, lui qui écrivait au *Mémorial d'Aix*, se fonder en 1871 un autre organe royaliste, *La Provence*. Il disait : « *La Provence* a été faite contre moi ! » Cependant en homme avisé il se résolut à y collaborer, et l'on vit reparaître le vigoureux polémiste qu'il avait été à Paris durant la monarchie de juillet.

En 1873 les Princes de l'une et l'autre branche de la Maison de France s'étant réconciliés, les projets de restauration prirent corps. On murmurait les noms de M. de Valavieille, d'Henry Bergasse comme ministres d'Henri V ; Paul de Magnan, pensait-on, entrerait au Conseil Privé. Dans les vitrines des tailleurs parisiens étaient exposés de splendides uniformes. Tout s'arrangeait pour la rentrée du Roi. On touchait au but. Mais un désaccord subsistait entre les doctrines. Le vent du libéralisme soufflait toujours sur le pays. L'assemblée offrait la couronne au Roi. Le Roi voulait bien la tenir de l'acclamation populaire, mais il n'entendait pas se soumettre au régime parlementaire. La question du drapeau fit éclater le désaccord, les pourparlers furent rompus et l'Assemblée s'achemina vers le Septennat.

Plus tard, en 1882, les mêmes projets furent repris en sous-main. Une correspondance secrète s'engagea directement entre le comte de Chambord et Paul de Magnan. De mémoire voici deux lignes du Prince retenues par M. Alph. d'Estienne : « Le moment venu, on pourra compter sur moi ». Et ailleurs : « Vous avez à Marseille un parti, dites-vous... » Les préparatifs militaires et financiers se poursuivaient, des concours importants étaient assurés ; mais tout fut brusquement interrompu par la mort du Prince.

Paul de Magnan, qui était resté sur la brèche jusque là, considéra alors sa mission comme terminée, et avec une rare dignité, sans la moindre amertume il s'effaça devant un personnel nouveau, « qui devait, disait-il modestement, mieux répondre à des tendances et des nécessités nouvelles. »

Paul de Magnan mourut le 21 mars 1887 dans la maison numéro 30 de la rue Cardinale ; il était le dernier des Magnans des Mées. Le mobilier qu'il laissait fut réalisé, car sa succession était obérée.

Le château de La Sextia ou Montjustin sur le plateau de Puyricard non loin de La Calade, que Paul et son père avaient habité soixante ans et qui leur venait des Miollis, fut vendu à N. Pelenc, négociant à Aix. Charles de Queylar le possède aujourd'hui. On signale la serrure de la porte d'entrée comme une pièce ancienne très curieuse. Le parc de 8 hectares clos de murs est agrégé d'arbres magnifiques. La rivière Touloubre arrose les terres, qui ont une assez grande étendue.

Le drapeau blanc fleurdelisé de la légion de Garde Nationale qu'avait commandé François de Magnan en 1814-15 ornait le grand salon du château : à la mort de Paul de Magnan Ludovic d'Estienne de Saint-Jean, son cousin, l'acheta et le transporta au château voisin du Grand-Saint-Jean, où on le voit encore.

## LIGNE CÉRESTINE

Le samedi 11 août 1431, Jean MAGNAN, de Bayons, paya 15 livres coronats d'amende pour le méfait suivant : Jean, syndic sortant de charge, avait à se venger de Guillaume Brunet, qu'il avait chargé durant sa magistrature de recouvrer une imposition, et qui soldant l'opération par un déficit avait fait perdre à Magnan trois ou quatre florins : « *Pro quodam defectu quod sibi fecerat idem Guillelmus Bruneti, ipso existente sindico dicti loci, quum eumdem collectorem cujusdam talhie elegit seu elegi fecit : in qua perdiderat 3 vel 4 florenos* ». Pour se dédommager Jean s'avisa d'acheter à terme de Catherine, femme du notaire Tacil, de Sisteron, deux émines de sel, et en s'engageant à payer le prix convenu, il dissimula son propre nom et se fit passer pour Guillaume Brunet. Brunet fut poursuivi en paiement du prix qu'il ne devait pas. Ce mauvais tour valut à son auteur 15 livres d'amende.

Le personnage que nous montre en cette scène le clavaire de Sisteron est le contemporain du Guillaume Magnan débiteur de Salomon Crescas, auteur des Magnan des Mées. Serait-il son frère ? le parrain de son fils Jean coseigneur du Four de Bayons ? C'est vraisemblable.

Le Jean dont nous venons de parler, l'ennemi de G. Brunet, a-t-il eu des fils ? Peut-être. L'un de ces fils serait Jacques possesseur d'une maison au bourg, mort avant la grande inondation de 1492, que nous allons rappeler. Un autre serait le père des trois frères Antoine, Guillaume et Jacques Magnan vivants en 1484-92 dont nous allons parler.

Ces hypothèses vraisemblables permettraient d'expliquer et la noblesse de l'Antoine, du Guillaume et du Jacques de 1484, et le cousinage traditionnel des Magnan Aixois et Marseillais avec ceux des Mées.

I

ANTOINE MAGNAN fait le premier degré de cette ligne.

Le mémoire de l'an 1700 conservé aux Arch. B.-A., série E, déjà cité, commence ainsi : « Il se trouve dans l'ancien livre des reconnaissances du terroir de cette ville des Mées, une reconnaissance faite en février 1484, écrivant Antoine Laurenti, pour lors notaire de cette ville, en faveur du marquis de Canillac viconte de Valerne, par nobles Jacques, Guillaume et Antoine de Magnan frères venus de Baïons, ainsi qualifiés par le nom d'une terre qu'ils possédoient relevante de la viconté... » La terre dont parle le mémoire est peut-être le lieu dit « Les Magnans » que le cadastre emplace au confluent de Rouinon et de la Sasse, près du Forest-de-la-Cour, à 1200 mètres en aval de Bayons. Le mémoire continue : « Noble Guillaume s'arrêta aux Mées ; il eut trois enfants, savoir : Bertrand, Jean et Elzéar ». Ceci est une erreur : le père de Bertrand Magnan avait quitté Bayons, nous l'avons vu, peu après 1431 et était mort avant 1443.

Ainsi tenons pour nobles Antoine, Guillaume et Jacques Magnan en 1484, mais identifions-les avec un Antoine Magnan, laboureur et ses frères que nous restitue un document du 22 octobre 1492 (Arch. B.-A., E, 10) qu'a publié X.-M. Isnard, archiviste.

Une catastrophe se produisit à Bayons le 26 juillet 1492. « Des pluies continues et torrentielles avaient raviné les terres très en pente, surtout aux lieux dits *Tamaro* et *Costas Raynaudas* nouvellement cultivées. Un éboulement considérable s'ensuivit, entraînant dans le Merdaric une masse de terres, de rochers, d'arbres qui fit monter à 7 et 8 cannes (15 mètres) le niveau du torrent. C'est cette masse de matières qui poussée par les eaux détruisit tout sur son passage : champs, prés, jardins, vignes, arbres, fruits et récoltes de toute nature, maisons et les habitants qui n'avaient pas eu le temps de fuir devant le fléau. Une jeune femme en couches appelée Louise, épouse de Juvénal Martin, fut engloutie dans sa maison, et le cadavre de son nouveau-né fut trouvé au-dessous de Bayons près du cimetière » (déposition d'Ant. Audemar). D'autres torrents débordèrent aussi, le territoire entier fut ravagé. Le pays était ruiné.

La communauté exposant au Roi ce malheur, demanda à être déchargée d'impôts. La Cour des Comptes de Provence ordonna une enquête. « Magnifiques et éminents hommes » Jean RENÉ, maître rational et Vincens BOMPARS, procureur du Fisc royal (père de Hugon Bompar, seigneur de Magnan), arrivèrent à Bayons le 22 octobre 1492, entendirent quatre témoins, parcoururent le bourg et le terroir et firent de leurs opérations un rapport pour nous bien précieux.

Le troisième témoin entendu, Antoine MAGNAN, laboureur, dit que le pays a perdu la moitié de sa valeur ; que les fruits et toutes les récoltes ont été emportées par les eaux, notamment les foins, les raisins et les blés qui n'étaient pas encore fauchés et foulés. Lui et ses frères ont perdu plus de cent charges de blé et autres grains. « *Ipseque loquens et ejus fratres presentes propter tempestatem, inundationem et ruinam perdiderunt de bladis eorum ultra centum saumatas tam in annona, frumento quam ceteris bladis* ». Interrogé sur ce qu'il possède de biens, il répond que lui et ses frères ont pour 500 florins de biens environ : « *Dicit quod ipse et ejus fratres possident in bonis valorem quingentorum florenorum vel circa* » ; sur son âge il répond qu'il a environ quarante ans : « *Interrogatus cujus etatis est, dicit quod quadraginta annorum vel circa* ».

Le notaire Antoine Audemar, premier témoin, a déclaré 1200 florins ; Pierre Roger, laboureur, deuxième témoin, a déclaré 800 florins ; Guillaume Rolland, quatrième témoin, déclarera 300 florins. Ainsi avec 10.000 francs de fortune, on est en droit de croire Antoine et ses frères des plus riches hommes du pays. Les Magnan demeurés à Bayons après le départ du bailli Guillaume et de ses fils étaient donc aussi nobles et aussi fortunés que ceux qui étaient partis (1).

Antoine Magnan, frère de Jacques et de Guillaume eut deux fils :

1. SAUVAYRE MAGNAN n'est connu que par deux actes (Bolénéry à Céreste) : l'un de 1543, f. 19, nous apprend qu'il est fils d'Antoine, l'autre de 1544, f. 151, le dit frère de Pierre. Il est laboureur et demeure à Céreste.

2. PIERRE MAGNAN, qui suit.

## II

PIERRE MAGNAN, originaire de Bayons, paraît à Reillane en 1533. Si Pierre quitta Bayons, c'est peut-être à cause de l'appauvrissement de sa famille et du pays dû à l'inondation de 1492.

Pourquoi se rendit-il à Reillane, au sud-ouest de Forcalquier ? Il y eut au xvi<sup>e</sup> siècle des relations suivies entre Bayons et la vallée de Reillane. En 1529, Pons de Reillane seigneuriait à Clamensane,

---

(1) D'autres Magnan non qualifiés sont encore cités à l'enquête de 1492. Il est dit que les enquêteurs visitèrent la maison et l'étable des hoirs de Jacques Magnan : « *Domum et stabulum heredum quondam Jacobi Manhani, quam prorsus dirruptam, inundatam et devastatam invenerunt, et in qua propter diluvium predictum.... Ludovica uxor quondam Juvenalis Martini tempore dicti diluvii puerperio ipsius una cum ejus nato simul perierunt.* » Maison et étable étaient écroulées, inondées, dévastées, et Louise Magnan, femme de Juvénal Martin, en couches au temps de cette catastrophe, y avait péri avec son enfant.

Guillaume Rolland à la fin du procès-verbal fait connaître les dommages causés au hameau de La Montagne, qu'il habite, ainsi qu'à ses voisins les hoïrs de Hugues Magnan, les hoirs de Laurent Brunet, ceux de Jacques Julian et ceux d'Antoine Martin : « *Dicens ultrius quod in foresto ipsius loquentis vulgariter dicto La Montanhe, et etiam in foresto suorum vicinorum, videlicet heredum quondam Hugonis Manhani et heredum Jacobi Juliani et heredum quondam Antonii Martini dicta tempestas, inundatio et diluvium plurima intulit dampna* », etc.

Ces hoirs de Hugues Magnan qui demeurent au Forest de la Montagne, loin en amont du chef-lieu, près des sources de la Sasse, sont assurément les aïeuls et bisaïeüls d'un Jacques, d'un Barthélemy Magnan, des hoirs de Louis et des hoirs d'Antoine Magnan, qui en 1580 possèderont au même quartier de la Montagne des terres contiguës se confrontant les unes les autres.

Un Honoré Magnan et un Pierre Magnan prud'hommes que l'on trouvera à Bayons en 1554 s'occupant quotidiennement des intérêts de la Communauté se rattacheront plutôt aux hoirs de Jacques Magnan dans la maison desquels périt la jeune femme en couches.

Vaumeil et La-Mote-du-Caire (Troph. d'Arzelier à Céreste, 8 juil.).
En 1538, le 8 janvier, Garnier Solier de Céreste donne quittance à
Michel et Juvénal Magnan d'Astoin de la dot de leur sœur Jeannette
Magnane, sa belle-fille (Fr. d'Arzelier à Céreste). Jean de Gaillard,
sieur de Bellaffaire et de Bayons par achat des comtes de Beaufort,
commit durant les guerres de religion divers excès et extorsions
contre les consuls et communauté de Bayons : son dernier méfait
ressort d'un acte du 18 mai 1593 reçu par Mᵉ d'Ermitane, notaire
royal de Reillane, « son domestique » au dire des consuls de Bayons.

A Reillane Pierre fut meunier. Le 4 février 1533 il prit à rente
un moulin appartenant à nobles Elzéar Galabrun et Louise de Mont-
dragon veuve de Philibert Galabrun, de Reillane. « *Anno et die*
*premissis* (4 févr. 1533) *notum sit quod personaliter constituti nobiles*
*Elziarius Galabruni et nobilis Domicella Ludovica de Montedragono, relicta*
*quondam Nobilis Philiberti Galabruni, ville Relhanie aquensis diocesis, bona*
*fide per se et suos, etc. arrendaverunt probo viro Petro Manhani, loci de*
*Bayonis ebredunensis diocesis, presenti, etc. videlicet unum molendinum*
*cum quodam orto et canaperia simul contiguis scitum in territorio dicte*
*ville Relhanie, loco dicto al gort dau reynard ; ad tempus et per spatium*
*temporis videlicet hinc ad finem mensis decembris proxime venturam ; pretio*
*pro renda et nomine rende dicti temporis quatuor salmatarum annone bone*
*et receptibilis, mensure dicte ville Relhanie solvendas* (sic) *hinc ad festum*
*Marie Magdalene proxime venturum, etc.* »

Ce moulin *al gort dau reynard* était sur la rive droite de l'Encrême,
rivière qui arrose le territoire de Reillane, non loin du ruisseau de
Carluc, peut-être à la ferme de Barruol ; le temps était de onze mois,
du 4 février à fin décembre suivant ; le loyer était de quatre charges
de blé payable avant la fête de sainte Madeleine (22 juillet). Le rentier doit moudre le blé des bailleurs franc de mouture et à tour de
faveur ; il doit entretenir les canaux du moulin, tandis que les
bailleurs devront amener au moulin l'eau de Carluc (*Chari loci*).
L'acte est passé à Reillane dans la maison de dame Galabrune ;
Christophe Thomas et Jacques Miane, de Reillane en sont témoins,

et Guillaume Du Chemin, notaire de Manosque, le signe (étude Jullien à Céreste).

Pierre Magnan passa au terroir de Reillane quelques mois seulement, car juste un an après la date du bail que nous venons de citer, soit le 6 février 1534, nous le trouvons à Céreste marié et achetant un jardin au levant du village, lieu dit Catusse. Ce qui l'a attiré à Céreste, c'est la proximité : Céreste est à trois kilomètres du moulin qu'il avait loué, Reillane en est à six kilomètres. C'est le site : Céreste est arrosée et verdoyante, Reillane haut perchée au flanc d'un côteau rude à grimper, est sèche et son terroir mal cultivé. C'est surtout qu'il y prit femme.

Il y avait alors à Céreste un charpentier, Jean Garcin, déjà établi en 1508 (d'Orgon, p. s., f° 44), marié à Marguerite de Lermet (Tr. d'Arz., 3 janv. 1527, ann. Inc.), père d'un fils Pons et d'une fille Jeanne. Le fils avait quitté son père, refusant de l'aider dans son travail et s'en était allé à Viens. Le 28 janvier 1531 (Fr. d'Arz. p. s. f. 12 v°), Jean et Marguerite Garcin mariaient leur fille Jeanne à honnête jeune homme Pierre de Berne, originaire d'Aubenas au diocèse de Viviers, et à titre de dot ils instituaient Jeanne leur héritière universelle, recevaient Pierre de Berne comme leur fils adoptif, et ils déshéritaient Pons moyennant un legs de cinq gros.

Ce Pierre de Berne dut mourir peu de temps après, et notre Pierre Magnan dut épouser sa veuve, car dans l'acte d'achat du jardin de Catusse du 6 février 1534 (Tr. d'Arz. p. s. 1533, ann. Inc., f° 156 v°) Pierre Magnan prend la qualité de gendre de Jean Garcin « *Genero Joannis Garsini* ». Ce mariage fut heureux. Jeanne donna des enfants à Pierre, et elle vivait encore en 1583 honorée par eux.

Voilà Pierre établi à Céreste : six générations de ses desc y vivront après lui. Céreste après Bayons est le premier établ durable que fera cette ligne des Magnan.

Céreste, en aval de Reillane sur la rivière Encrème, égale distance de Forcalquier, Apt et Pertuis, est un vieux fortifié. Nommé *Cesarista* par les Romains, pourvu d'une

*Tourre d'Embarco,* par un *Domitius Aenobarbus* de la famille sénato-
riale qui donna Néron au monde, riche en vestiges du moyen-âge,
Céreste se dresse au sein d'un joli pays : de beaux arbres, des pâtu-
rages, des collines basses, ensoleillées, de la chasse en abondance.
L'élevage très actif aujourd'hui s'y pratiquait beaucoup au XVIᵉ siècle.
De nos jours les grands marchands vont chaque semaine acheter
sur les quais de Marseille des moutons d'Afrique ; ils les expédient
sur Céreste par la route Aix-Pertuis-Vitrolles ou par la voie ferrée
Aix-Pertuis-Volx, les confient aux paysans, qui en prennent chacun
50 ou 100 et qui les leur rendent refaits et bien gras cinq semaines
après. Le marchand paie au paysan quatre ou cinq francs par tête et
réexpédie les bêtes sur les marchés de consommation. A Paris, aux
halles les moutons de Céreste ont un renom. Ce n'est pas ainsi que
l'on pratiquait autrefois.

Le 3 décembre 1544, Pierre Magnan passa 'devant Bolénéry (le
même notaire qui alla aux Mées en 1557 recevoir le testament d'Olivier Magnan) un bail de 36 bêtes à laine, tant brebis que moutons
et agneaux, bail qui courait depuis le 11 mai 1542 entre lui bailleur
et Barthélemy Authier, preneur. Le bail à juste moitié (*rectas medias*)
convenu pour six ans comporte les clauses suivantes : Authier a
promis de nourrir, garder, régir et gouverner bien et dûment *lo dit
bestiari* à ses péril et fortune ; il est tenu de bailler tous les ans à
Pierre une livre de fromage par chescune beste ayant l'an à la feste
de Nostre-Dame d'aoust ; partage de la laine par moitiés, frais de tonte
à la charge d'Authier ; au terme, partage égal du bétail et du croît.

Même notaire, aux années 1545, 48, 49, 51, Pierre Magnan confie
à divers mégers son bétail à laine, ses vaches et ses porcs. Entre
temps il prête du blé, de l'avoine, de l'argent en écus et florins à
ombre de ses concitoyens, à ses mégers notamment, et à son frère
ayre Magnan. (Bolénery, 1544, f. 151).

Il ne se désintéressa pas des intérêts communaux. Le 28 février
assiste au conseil de la Communauté qui désigne six avocats
près les Cours civiles et ecclésiastiques de la cité d'Aix

pour plaider contre Gaucher de Brancas, seigneur de Céreste. Ce conseil se compose de 75 conseillers sous la présidence d'Antoine Mathias suppléant noble et égrège Honoré MAGNAN dit Barbaroux, juge de Céreste (Duchemin, p. sumpt., f° 125). Le 5 octobre 1544, Pierre assiste a une délibération du Conseil de la Communauté touchant deux procès engagés l'un sur les bornes et limites des terroirs de Céreste et de Vitrolle, l'autre sur la réparation de l'église, « accotrement d'icelle et augmentement des offices, qu'ils ont contre honorable et égrège personne Messire Jehan Paul(?), grand prieur du prieuré de Céreste, moyne de Saint-Victor de la ville de Marseille » (Bolénéry, ff. 171, 172).

Pierre mourut vers 1579. Il laissait de Jehanne Garcin trois enfants ; ses fils se partagèrent sa succession le 3 février 1580.

1. BARTHÉLEMY MAGNAN, qui suit,

2. ALEXIS MAGNAN, auteur des branches manosquine, aixoise et marseillaises, qui sera donné ensuite,

3. ANTOINETTE MAGNAN, mariée à François PELLAT, de la Bastide des Jourdans.


### III

BARTHÉLEMY MAGNAN, fils aîné de Pierre, paraît à Céreste en 1580. Le 3 février de cette année il partage avec son frère Alexis la succession de leur père ; il lui advint pour sa part seize pièces de terre, dont une avec maison de ferme, plus quatre maisons au bourg. Son frère en eut autant, et il n'est pas parlé à l'acte des capitaux de ferme, chevaux, bestiaux, outils, non plus que des meubles, des vêtements ni des bijoux (d'Orgon, f. 111). Par actes ultérieurs (1583, f. 140 et 1584, f. 120), les deux frères réglèrent ce que devait la succession à leur mère et à leur sœur Antoinette. Barthélemy est qualifié ménager, ce qu'on entend dans le Midi par cultivateur-propriétaire. Le mot laboureur, profession indiquée pour Pierre et Sauvaire Magnan,

Ieurs père et oncle, pour Antoine, Guillaume et Jacques, leurs aïeul et grands-oncles, doit s'interpréter de même.

Barthélemy épousa en premières noces Espérite BARRAS, et en deuxièmes noces Anne ESSADE. Il mourut vers 1586. Le règlement de sa succession eut lieu en 1587 (d'Orgon, f. 162) entre Anne Essade et ses fils.

Du premier lit il vint :

1. ANTOINE MAGNAN, qui suit ;

2. SAUVAIRE MAGNAN paraît dans divers actes avec son frère Antoine ;

3. CATHERINE MAGNAN épousa en premières noces Jean YSNARD, par contrat du 6 mai 1582. La·dot était due aux femmes, proclame Barthélemy Magnan, son père au contrat, mais il hésite sur le quantum de l'obligation. Le notaire écrivit que le père donnait huitante, puis raturant il écrivit nonante écus d'or au soleil ; enfin il ajouta que la mère donnait dix écus d'or sol, ensemble 100 écus ou 500 florins ou 5.000 francs (d'Orgon).

Catherine épousa en secondes noces avant 1588 Esprit PHILIBERT.


IV


ANTOINE MAGNAN, fils aîné de Barthélemy, paraît à Céreste en 1587 et peut être suivi durant près de soixante ans.

En 1588 (d'Orgon, f. 403) il arrente ses terres de compte à demi avec son frère Sauvaire ; puis (f. 469) il paie avec lui et son beau-frère Esprit Philibert une petite somme que devait l'hoirie. En l'année 1602 (f. 50, Raspaud à Céreste) il emprunte de l'argent de Jean de la Coste. En 1603, le 12 mars, il achète de la commune en compte à demi avec Alexis Mathias, son oncle d'alliance, un pré et un coin de terre. Le 16 juin de la même année il fait un autre achat, et le 12 février 1614 un autre emprunt.

En 1611 a lieu la réfection du cadastre communal : Antoine y est taxé pour quatorze articles : maison relarguière et casal au quartier du Four-Vieil, casal au quartier du Bourg de la Font, jardin à Tras-Barry, autre jardin au valat de Catusse (le même peut-être qu'avait possédé són aïeul Pierre Magnan), puis de nombreuses terres loin du village.

Antoine suivit assidûment en 1639, 40, 41, 43 les réunions du Conseil communal. Le 1er novembre 1639 il assiste au conseil qui désigne quatre jeunes gens comme soldats, « jugeant n'en pouvoir trouver davantage dans le dit lieu propres à servir le Roy ».

Antoine, marié à une femme que les actes connus ne nomment pas, en eut trois enfants :

1. ESPRIT MAGNAN, qui suit ;

2. JEAN MAGNAN, qualifié mesnagier, posséda seize maisons ou terres à Céreste. Il est nommé après son frère Esprit en un acte Raspaud, f. 265, fin 1648.

Prenant part aux réunions du Conseil de la commune, il assiste le 11 septembre 1644 à la délibération qui décide « de faire ajour-« ner le sieur vicaire de ce lieu pardevant Messire d'Aix, pour « ne vouloir dire la messe matinière conformément à son ordon-« nance » (f. 220). En 1645 et 46, il assiste aussi aux réunions.

Il testa le 23 juin 1664 (Raspaud). Par cet acte il veut être enterré en l'église paroissiale, chapelle de N.-D. du Rosaire. Il lègue cinq sols à sa fille Marguerite, « attendu la donation qu'il lui a faite par son contrat de mariage »; il lègue à son fils Joseph cent cinquante écus qui lui seront payés quand il aura 25 ans, et il institue héritière universelle Jeanne CONSOLIN, sa bien-aymée femme, en récompense des agréables soins qu'il en a eus et reçus journellement dans sa maladie ».

Deux enfants :

a) JOSEPH MAGNAN, fils de Jean, fut substitué à son père pour sa cote au cadastre de 1648. Il fut gratifié le 8 mai 1671 après la mort de Jean d'une moitié de vigne, d'une brebis et d'un agneau par testament de sa tante Louise Magnan, veuve de Pierre Roux. Il parut aux séances du Conseil général de la communauté aux années 1681-85 (d'Orgon). Il fut chef de cote au cadastre de 1702.

D'Anne TESTANIER il eut deux enfants :

*aa*) JOSEPH MAGNAN, né le 30 mai 1688, sans suite, et

*bb*) HONORÉE MAGNAN, née le 27 mai 1674. Cette dernière épousa Jean JEAN, travailleur, et mourut le 31 août 1719. Son mari porta le nom de Magnan en surnom, et décéda, veuf en secondes noces de Claire Boso, le 10 avril 1752.

*b*) MARGUERITE MAGNAN, fille de Jean, mariée avec Jacques VIGUIER avant 1664, fut dotée par son père et reçut de sa tante Louise Magnan, veuve Roux, la promesse de 60 livres, qui n'étaient pas encore acquittées en 1671.

3. LOUISE MAGNAN, fille d'Antoine, épousa Pierre ROUX, n'eut pas d'enfant, fut émargée à la cote de son père pour un grand nombre d'articles le 15 juin 1630. Elle testa le 8 mai 1671 (d'Orgon), léguant ce que nous avons dit à ses neveu et nièce Joseph et Marguerite, attribuant à sa belle-sœur Jeanne Consollin un linceul, deux chemises et une de ses robes, autant et plus à sa nièce Jeanne que nous allons rencontrer, une terre à son autre neveu Jean Magnan, enfin instituant son frère Esprit son héritier universel. Pour exécuteurs de ce testament elle nomma Simon Serrazin et sieur André Raspaud dudit Céreste, « ses bons amis ».

## V

ESPRIT MAGNAN, fils d'Antoine, aîné puisqu'il est nommé avant son frère Jean à l'acte de 1648 (Raspaud, f. 265), est porté pour seize articles au cadastre de 1648. Il reçut quittance d'Hercule de Barbeirac le 3 juillet 1666 (Raspaud). Il hérita de sa sœur Louise en 1671.

Il mourut avant le 31 mai 1683. De son mariage avec Barralette ESTÉVENIN il eut trois enfauts :

1. JEAN MAGNAN, qui suit,

2. JEANNE MAGNAN, qui reçut en legs de sa tante Louise un pré au quartier de Tras-Molins, deux linceuls, quatre chemises, une bague d'or, deux brebis et deux agneaux. Elle épousa le dernier jour de mai 1682 Claude ARNAUD, fils de François et d'Honorade, du lieu de Cazeneuve au diocèse d'Apt.

3. LOUIS MAGNAN, baptisé le 9 janvier 1670, inexactement qualifié fils de Jean (le nom de la mère Barralète Estèvenine suffit à rectifier l'erreur), qui eut pour parrain Louis Gavaudan et pour marraine Espérite Sarrazine.

## VI

JEAN MAGNAN, fils d'Esprit, tint le restant de l'alivrement de son père, il en fut « chargé le 7 décembre 1690 ». Au cadastre de 1702 il eut neuf articles à sa cote.

Il suivit assidûment les séances du Conseil durant les années 1681 à 1690. Il mourut le 8 novembre 1713, âgé d'environ soixante ans.

D'Anne POL il eut un fils :

## VII

CLAUDE MAGNAN, baptisé le 11 septembre 1689, succéda à son père au cadastre.

Il s'occupa diligemment des affaires communales. Membre du Conseil ordinaire en 1726, réélu conseiller en 1728 et 1729, il est le 1er janvier 1730 à l'issue de la grand'messe proposé comme second consul avec Jacques Raspaud, 1er consul ; ils sont ballottés et approuvés par l'assemblée générale des habitants. Le 1er janvier suivant, il désigne lui-même son successeur, et le 21 janvier, passé consul vieux, il installe (en l'absence du 1er consul vieux Jacques Raspaud), les deux consuls modernes leurs successeurs. Le 1ᵉʳ janvier 1733, il est nommé premier estimateur, en 1738 conseiller ordinaire, en 1731 il est réélu second consul, avec Elzéar Cauvin 1ᵉʳ consul.

Durant cette dernière magistrature sa bienveillance lui attira une petite mésaventure. Lui-même en fit au Conseil le récit suivant le 27 août : « Ensuite de l'ordonnance de Mgr le Premier Président et Intendant qui ordonne le remplacement d'Antoine Rouquette, milicien congédié par (pour) incapacité, la jeunesse de ce lieu fut assemblée pardevant M. le Subdélégué, et le sort fut tiré et tomba sur la personne de François Christol, fils de Guillaume. Et comme les mêmes ordres portaient de conduire le milicien à Aix pour y être par tout le moys, le dit sieur consul partit de ce lieu et s'en fut à Aix seul sur ce que le milicien lui avoit promis de se rendre le même jour, étant forcé de passer à sa bastide pour prendre de chemises. Ce milicien ne s'étant pas rendu comme il avoit promis le dit jour, ni le lendemain n'en ayant point de nouvelles (le consul) se retira en ce lieu (Céreste) pour scavoir la raison pour quoi le milicien avoit manqué. Le milicien s'étoit absenté, et l'ayant fait chercher par ses parens, on le trouva et on l'amena pour se rendre à Aix sous les ordres de mon dit seigneur l'Intendant, ce qui obligea le dit consul de faire un autre voyage à Aix pour le représenter et en tirer sa décharge : ce qui fut fait, ayant resté cinq jours dans ces deux voyages, et deux jours de celui qu'il a fait auparavant de l'avis de principaux particuliers pour tâcher de faire décharger la Communauté de ce remplacement ; ayant dépensé, pour la nourriture du milicien et pour les voyages et dépenses du valet de ville 4 livres 12 sous ; requérant l'allocation de ses dépenses et de ses voyages. » Le Conseil sut gré au consul de la bonne issue de l'affaire, il avoua la dépense et « l'apointa à 28 livres dix sols ».

Claude fut marié deux fois : à Marguerite FABRE, puis à Rose VIGUIER ; il eut quatre enfants, et mourut avant le 26 mai 1766.

Du premier lit :

1. ELIZABETH MAGNAN, née le 12 avril 1729 ;

Du second lit :

2. Joseph Magnan, né le 5 avril 1738, qui suit,

3. Jacques Magnan, né le 12 décembre 1740, filleul de Catherine Vial, sa grand'mère maternelle,

4. Catherine Magnan, née le 6 janvier 1746, qui eut pour marraine sa tante Rose Viguier.

## VIII

Joseph Magnan, fils de Claude, fut émargé à la cote cadastrale de son père, qui comportait quatorze articles. Au cadastre de 1791, Joseph fut porté pour treize articles, parmi lesquels nous relevons une terre de 1503 cannes (6.000 mq) à Carluc, non loin du moulin qu'avait pris à charge son quintaïeul Pierre en 1533, et une maison au village avec cave, écurie et jardin, élevée d'un étage. Joseph ne paraît jamais au registre des délibérations ; il se tint donc à l'écart des affaires durant la Révolution.

Il fut marié le 26 mai 1766 à Elisabeth Isoard, fille de Jean, de Reillane. Il en eut quatre enfants et mourut en novembre 1802.

Ces enfants sont :

1. Paschal Magnan, né le 17 avril 1767, décédé le 21 février 1776,

2. Marie-Jeanne Magnan, née le 17 juin 1772, mariée en 1795 à Jean-Baptiste Pellenc, morte le 15 mars 1804,

3. Magdeleine Magnan, née le 29 juin 1777, morte le 16 avril 1780, et

4. Françoise-Marie-Louise Magnan, née le 5 juillet 1780, mariée à André Figuière, propriétaire-agriculteur. Elle fit son testament le 13 septembre 1812 (Devoulx à Céreste), instituant sa mère sa légataire universelle.

XXXXXXXXXXXXXXXXXXXXXXXXXXXXXXX

## BRANCHE MANOSQUINE

### III

ALEXIS MAGNAN, fils cadet de Pierre. n'eut pas une longue vie. Il paraît en 1579 (d'Orgon, f. 17) dans un emprunt qu'il fait de Jean d'Orgon conjointement avec son frère Barthélemy. Il achète le 10 janvier 1580 (f. 31) « tous les fruitz » d'une pièce de terre de la contenance d'une salmée et demie de semence pour le temps et espace de quatre années et pour le prix de quatre escus d'or sol payés d'avance. Le contrat revient au bail à ferme sans aucun risque pour le bailleur Jaume de Tapi, de Viens, qui est payé d'avance.

Trois semaines après, le 3 février 1580 (f. III), Alexis fait sa part, égale à celle de Barthélemy, de la succession de leur père : « Tesmoings et partyes ont dict ne scavoir escripre. » D'Orgon, le notaire, savait écrire, il scavait aussi la scabreuse orthographe de son temps.

Prenant à bail les terres d'autrui, Alexis donnait à bail les siennes en un acte d'arrentement qu'il passe à Pascal Figuière en 1582 (f. 36). En 1583 et 1584 il paie sa sœur, sa mère, et il prête à dix emprunteurs. En 1585 il passe deux actes de prêt, et par contre il contracte avec son frère une dette envers François Caudier, son beau-frère (f. 15). La même année, agissant au nom de la Communauté, Alexis Magnan et Jean d'Huguet qualifiés consuls de Céreste souscrivent une obligation envers Angelin Thomé, rentier du prieuré de Céreste (f. 306), et l'année suivante les deux mêmes en la même qualité se font donner une quittance par Barthélemy Rastoul, bottier (1586, f. 12).

Le 17 juillet 1586 (f.182), Alexis malade fait son testament. Il lègue cent escus d'or sol à sa fille Honorade, à sa femme Louise CAUDIER quarante écus d'or, les meubles garnissant sa maison, et l'usufruit du reste jusqu'à cé que son fils ait vingt ans. Enfin il demande être enterré dans la tombe de ses prédécesseurs au cimetière de l'église Saint-Michel de Céreste.

En 1587 Alexis fait un échange avec Roman Delestic. Mais en 1588 (f.413) maître Pierre Caudier de Manosque prête une somme à Louise Caudière, sa sœur, et en 1589 (f.338) la même Louise Caudière « femme de feu Alexis Magnan » passe une mégerie de labourage : Alexis est donc mort dès 1588. Louise se remaria en 1591 (d'Orgon, f.428) avec Alexis Mathias ; elle mourut avant le 29 mai 1626.

Du mariage d'Alexis Magnan il vint

   1. JEAN MAGNAN, qui suit,

   2. HONORADE MAGNAN, nommée au testament de son père.

IV

JEAN MAGNAN, fils d'Alexis, est né en 1570. puisque sa mère est dite sa tutrice le 12 novembre 1589 (d'Orgon. f.338), que cette tutelle testamentaire devait durer jusqu'à ce que l'enfant ait 20 ans, et puisque Jean lui-même passe un bail en 1590 (f.32). Le règlement de cette tutelle donna lieu à 60 ans de querelles et de procès.

En 1626, Louise Caudière étant morte, son second mari Alexis Mathias fut reconnu devoir à Jean Magnan à raison de la tutelle la somme de 3184 livres 10 soulz (15 février 1630, d'Hermitanis à Reillane). En 1636 les enfants de Mathias ne pouvant suffire au paiement des intérêts dus, donnèrent à Jean Magnan plusieurs terres en paiement, en 1648 cet arrangement longtemps contesté fut enfin ratifié par les hoirs de Jean et ceux de Mathias.

Jean ne s'attacha pas à la terre comme ses ancêtres. Le 12 mars 1603 il est qualifié « praticien » en un acte (d'Orgon) qu'il signe

comme témoin ; il y est aussi dit « maître ». Le métier de praticien
était le premier degré de la basoche : c'est parmi les praticiens que
se recrutaient les avocats, procureurs et notaires. La même année
Jean devint notaire à Manosque (Telmont). Son oncle Pierre Caudier
l'y avait sans doute attiré. Durant trente ans Jean exerça cette profession.

Le 3 juillet 1626, il fut reçu adjoint aux enregistrements de la
sénéchaussée de Forcalquier (arch. B.-A. 1826, f. 330), et le 1ᵉʳ août
1630 il fut remplacé en cet emploi par « maître Pierre du Teil,
avocat en la Cour, juge royal de Forcalquier » (arch. B.-A., 1829,
f. 347). Qu'était l'adjoint ? Greffier peut-être, assurément receveur, et l'égal d'un juge, puisque nous y voyons nommer un juge.

Jean se démit de son office de notaire en 1630, date où un acte
(d'Hermitanis à Reillane) le qualifie bourgeois de Manosque.

En outre des biens qu'il avait hérités à Céreste, Jean posséda une
fortune immobilière à Manosque. Dès 1609, cinq ans après son
arrivée, il a une maison. Au cadastre de 1615 il est taxé pour dix-
sept articles en ville ou auprès de la ville pour douze articles dans
le terroir : « et fault prendre le restant aux extravagants ».

Jean fut consul de Manosque en 1623, 24, 29, 34. et marguillier
de la paroisse Saint-Sauveur.

En même temps que lui habitait à Manosque une de ses cousines
des Mées : Anne Magnane « du lieu de Leymées », femme de M. de
Belhonneur, avocat, laquelle décéda à Manosque et fut ensevelie à
Saint-Sauveur le 11 juillet 1620.

Jean mourut à Manosque le 13 juillet 1636 (Saint-Sauv. f. 129).
L'acte est ainsi conçu : « Le treze juillet mil six cens trente-six est
décédé Monsieur Jean Magnan, notaire, du lieu de Seyrete, mari de
damoiselle Loyse Braudice ; a esté ensevely à l'église des Pères
Carmes. Aubert, vicaire », Les qualités de Monsieur et de Damoyselle
rares toujours dans les registres de catholicité, indiquent le degré de
considération dont jouissaient les époux. A côté d'une indication

inexacte, notaire pour ancien notaire, cet acte contient sur le lieu d'origine du défunt un renseignement précieux. Le couvent des Pères Carmes était établi depuis l'an 1362 à la rue Guilhem-Pierre ; ils comprenaient des bâtiments très vastes, une cour spacieuse et des jardins. Le portail, la cour et une partie de l'église existent encore divisés entre plusieurs propriétaires et utilisés comme habitations, écuries et restaurant sous le nom de « restaurant des Carmes ».

La femme de Jean Magnan, Louise DE BAUDRIC, descendait apparemment de « nobilem et egregium virum dominum Claudium Baudrici jurium licenciatus ville Manuasce » (Tr. d'Arzellier à Cereste, 24 juin 1536). Le 13 mai 1669, deux nièces probables de Louise, savoir : Suzanne de Baudric et Isabeau de Baudric, sœurs, et J. Lardeyret, héritier de leur sœur Louise de Baudric, passèrent quittance à Mᵉ Selon, avocat (Bausin, à Aix). La famille de Baudric s'allia ensuite aux familles de Pochet et Sauteiron de Saint-Clément.

Jean et Louise eurent sept enfants :

1. JACQUES MAGNAN, baptisé à Notre-Dame le 21 mars 1610,

2. JEAN MAGNAN, baptisé à Notre-Dame le 5 juin 1612, qui suit,

3. TIMOTHÉE MAGNAN, baptisé le 27 octobre 1614, filleul d'un frère de sa mère, dit ailleurs Timothée de Baudric, écuyer,

4. FRANÇOIS MAGNAN, qui fut chirurgien à Manosque, second consul en 1666, qui comparut avec son frère Jean le 10 juin 1648 au règlement de la tutelle de leur père, qui avait été ouverte en 1588). Aucun des autres frères, Jacques, Timothée, Antoine, Pierre, ne paraît à ce règlement : ce qui indique qu'ils étaient morts auparavant sans postérité.

François épousa Honorade FANTON et en eut deux enfants :

a) JEAN-CLAUDE MAGNAN, baptisé à Saint-Sauveur le 5 septembre 1648, et *b)* Louise Magnan, baptisée à Saint-Sauveur le 15 mars 1646, qui fut mariée à André Gougon, qui hérita de son père et qui mourut veuve (Saint-Sauveur) le 21 mai 1687.

5. Antoine Magnan, baptisé à Notre-Dame le 1ᵉʳ janvier 1617,

6. Pierre Magnan, baptisé à Notre-Dame le 18 juillet 1618, a pour marraine une Jeanne Magnan qu'on n'a pu identifier ;

7. Marguerite Magnan, baptisée à Notre-Dame le 26 août 1607, fut mariée à Esprit Marin, de Manosque avant le 25 avril 1643.

## V

Jean Magnan, deuxième du nom dans cette branche, fut notaire à Manosque par succession de son père. Il termina le 10 juin 1648 avec Thomas Barret le règlement de la tutelle ouverte en 1588 (Gombert à Manosque). Il fut second consul de Manosque en 1659. Il paraît avoir cédé sa charge notariale à Mʳ Quintrand, et mourut en 1696.

Il fut marié à Marguerite Arnaud, fille de François ; Marguerite avait quatre sœurs : Anne d'Arnaud. épouse de Mathieu Margaillan, maître apoticaire à Aix ; N. épouse de Roman Vial, conseiller du Roi à la sénéchaussée d'Aix ; Catherine, femme de Scipion Brunet, avocat, puis conseiller du Roi au siège de Forcalquier, et Isabeau Arnaude.

Marguerite Arnaud décéda le 5 avril 1671 et fut ensevelie à la tombe de famille aux Carmes. Par testament du 6 mars 1671 (Laugier à Manosque), elle avait institué leur fils Claude son héritier, légué 400 livres à Esprit, autant à Joseph ; ces sommes devaient porter intérêt à compter du décès du père.

D'où :

1. Claude Magnan, né le 2 mai 1640, baptisé à Notre-Dame ;

2. Autre Claude Magnan, baptisé à Notre-Dame le 30 janvier 1648, filleul de Claude Baudric, qui suit ;

3. ROMAN MAGNAN, baptisé à Saint-Sauveur le 2 novembre 1649, filleul de son oncle Roman Vial, demeurant à Manosque. Le 29 octobre 1694 il paraît à Aix devant Bermond, notaire, (f. 717), et son frère Esprit lui cède une créance de 363 livres 3 sols à exiger et recouvrer de leur frère Claude. Le 27 août 1718 (Fedon f. 336), il est à Aix de nouveau rétrocédant à Esprit une créance de 900 livres sur la Communauté de Manosque qu'Esprit et Joseph avaient passée à Roman en 1711.

Roman paya le droit d'enregistrement d'armoiries imposé par l'édit de novembre 1696 à tous nobles et bourgeois vivant noblement ; mais faute de déclaration de sa part, et dans l'ignorance où se trouva le receveur des traditions de cette famille, il fut donné pour armes à Roman « un gantelet de sable sur champ d'argent », noir sur blanc. Ces armes parlantes *(man-gant)* furent imposées dans le même temps à un Jean Magnan de Manosque que nous croyons appartenir à une autre famille.

Le 2 mars 1711, Roman se présenta avec son frère Joseph devant Fedon, notaire à Aix, et par un même acte ils firent un double testament (nous avons vu un acte de disposition semblable fait aux Mées par Hercule et Frédéric Magnan le 6 avril 1586). Roman élit sa sépulture en l'église des Pères Carmes de Manosque et Joseph en l'église Sainte-Magdeleine d'Aix. Roman lègue 15 livres à la confrérie du Corpus Domini de Manosque ; Joseph lègue 30 livres à chacun des hôpitaux de Saint-Jacques, la Charité et la Miséricorde d'Aix. Roman institue héritier Joseph, le chargeant de remettre son héritage à Esprit et à défaut à Jean-Joseph, fils aîné d'Esprit ; Joseph fait une institution absolument symétrique. Ce testament implique que Roman et Joseph n'avaient en 1711 ni femme ni enfant. L'omission de Claude, leur frère, laisse à penser qu'il était mal avec les testateurs. Esprit apparaît ici comme réunissant l'affection et les vœux de tous.

Roman mourut à Manosque le 24 mars 1723 (Saint-Sauveur) et fut enseveli aux Carmes.

4. Esprit Magnan, né le 13 février 1651, auteur de la branche aixoise, qui sera donné plus loin.

5. Joseph Magnan paraît à Aix, le 13 février 1691, au baptême de Thérèse, fille d'Esprit. En 1709 il est parrain d'Esprit second, autre enfant d'Esprit. Joseph demeura dans la maison de son frère et ne dut pas se marier. Il fit deux fois son testament : nous avons cité le premier acte, du 2 mars 1711, où Joseph et Roman s'instituent respectivement héritiers l'un de l'autre et s'obligent mutuellement à remettre leur héritage à Esprit ou à son fils aîné Jean-Joseph. Ce jour-là Joseph était en santé ; mais deux ans après « se trouvant au lit malade d'infirmité corporelle, libre « pourtant de tous ses sens », le 14 décembre 1713, il fit un autre testament (Fedon, f. 801), léguant à Claude et à Roman Magnan, ainsi qu'aux hoirs de sa sœur Anne épouse Gombert, « cinq sols à chacun d'iceux pour tous droits qu'ils pourroient « prétendre sur ses biens », et instituant héritier Esprit et à son défaut Jean-Joseph.

En 1718 et 1720 Joseph était toujours vivant : le 2 janvier 1720 Esprit lui lègue par testament « deux cens livres de pantion annuelle et viagère payable de six en six mois, ce par avance : et outre ce il veut qu'il soit nourry dans sa maison aux dépans de son héritage ; et au cas qu'icelluy ne voulust rester dans sa dite maison, au lieu et place de la nourriture veut que la susdite pantion... soit augmentée de cent livres. »

Ainsi il est clair que Joseph avait dévoré son bien et qu'Esprit le logeait et nourrissait depuis longtemps, Les testaments de 1711 et 1713 étaient la reconnaissance implicite de ce que Joseph devait à Esprit.

6. Louise Magnan née le 5 septembre 1638, baptisée à Notre-Dame.

7. Anne Magnan, baptisée à Notre-Dame le 30 janvier 1645, appelée parfois « la dameyselle de Magnan », fut mariée à Pierre

Gombert, notaire à Manosque, fils de Michel, notaire, et d'Elise EYMAR. Elle hérita de son père une vigne au Labours et divers autres biens immobiliers, Elle décéda veuve et fut ensevelie à Saint-Sauveur le 22 août 1710.

8. JEANNE MAGNAN, baptisée à Saint-Sauveur, le 4 mars 1653,

9. JEANNE MAGNAN, baptisée à Saint-Sauveur, ie 10 avril 1656,

10. JEANNE-MARGUERITE MAGNAN, baptisée à Saint-Sauveur, le 9 septembre 1658.


## V


CLAUDE MAGNAN, fils aîné de Jean et de Marguerite Arnaud (est-ce celui qui était né le 9 mai 1640, ou celui du 30 janvier 1648 ? l'un des deux a disparu, le premier probablement, l'autre survit), hérita de ses parents à charge de legs : de sa mère en 1671, puis de son père en 1697. Il est porté au cadastre de 1660, volume des Extravagants, ce qui veut dire qu'il ne possédait pas de bien en ville. Il posséda après son père la bastide des Prés-Gombauds et son affart au bord de la Durance. Cette mauvaise voisine lui causa maint dommage. En 1699 elle emporta 862 cannes de son terrain, en 1710 397 cannes passèrent cadastralement au compte de la rivière, plus en 1720 1138 cannes : en tout un hectare. Il n'y avait pas là de quoi ruiner un homme.

Mais il est de fait que Claude ne fut pas heureux dans ses affaires. Bien peu de son avoir immobilier passa à ses enfants. Le 14 mai 1718 (Fedon à Aix, f.186), il vint à Aix passer reconnaissance à ses frères Esprit et Joseph des legs de 400 livres faits à chacun d'eux par leur mère et qu'il leur devait depuis vingt-deux ans déjà. Une première fois, le 14 mai 1689, Claude était venu à Aix assister au mariage d'Esprit et de Thérèse de Chassignoles.

Claude fut constamment qualifié « bourgeois de Manosque ».

Il fut second consul en 1720 et 1727.

Il vivait encore en 1735 (Cadastre, vol.7, f. 118) et dut mourir peu après.

Claude fut marié à Jeanne GOURDAN, à Saint-Sauveur, le 17 mai 1581. Jeanne Gourdan, fille d'Antoine, du lieu de Tourrette, et de Catherine Piolle, survécut à son mari. Elle mourut le 26 novembre 1735, à l'âge de 80 ans, et fut ensevelie aux Carmes.

Elle avait donné à son mari huit enfant :

1. JEAN MAGNAN, baptisé à Saint-Sauveur, le 15 août 1682 ;

2. FRANÇOIS MAGNAN, baptisé à Saint-Sauveur, le 16 octobre 1690, qui suit ;

3. ANDRÉ MAGNAN, baptisé à Saint-Sauveur, le 1er mars 1694, filleul d'André de Gaudemar, mourut le 17 juillet de la même année (Saint-Sauveur) et fut enseveli aux Carmes.

4. ESTIENNE MAGNAN, baptisé le 5 août 1696 à Saint-Sauveur, fut reçu novice à la Compagnie de Jésus au Collège Bourbon d'Aix avant 1716 ; il venait d'y achever le cours de philosophie. En 1730 il y professait la logique quand il fit, le 2 février, ses vœux de profès. Après la dispersion des Jésuites arrivée en 1762, il se retira probablement à Manosque. Il y mourut le 11 juillet 1766. «Il avait (écrit Sauteiron, curé de Saint-Sauveur, au registre paroissial) choisi sa sépulture verbalement dans cette église, ainsi qu'il nous a été attesté par ceux de ses parents qui l'ont assisté dans sa dernière maladie ;... (mais) son cadavre ayant été demandé par le R. P. Prieur des Carmes par un acte qu'il nous a fait signifier, prétextant que la sépulture de la famille était dans l'église du dit R. P, Prieur, nous avons consenti qu'il fût enseveli (chez eux) avec protestation de tous nos droits, couchées les dites permission et protestation dans la réponse que nous avons fait au susdit acte. »

5. JOSEPH MAGNAN, né le 1er avril 1699.

6. CATHERINE MAGNAN, baptisée à Saint-Sauveur, le 24 décembre 1684, fut marraine de Joseph, son jeune frère. Elle hérita de

son père la terre de Prés-Combauds et celle de Savel. Elle mourut le 27 mars 1770 (Saint-Sauveur). Son neveu Paul Magnan lui succéda.

7. ANNE MAGNAN, baptisée à Saint-Sauveur, le 6 janvier 1687, mariée à Saint-Sauveur le 8 janvier 1715 avec Pierre LAUGIER, bourgeois, fils de Jean et de Claire Segond (1).

## VII

FRANÇOIS MAGNAN, fils aîné de Claude et de Jeanne Gourdan, succéda à l'ensemble des biens immeubles de son père dès 1757. Il épousa à Saint-Sauveur le 21 octobre 1742 Anne AUBERT, fille de feu François, bourgeois de Villeneuve, et d'Anne Chaix. Il mourut le 23 mai 1766 (Saint-Sauveur).

D'où :

1. JEAN-FRANÇOIS-PAUL-AUGUSTIN MAGNAN, qui suit,

2. CATHERINE-THÉRÈSE MAGNAN, morte à l'âge de 10 ans, le 19 novembre 1754 (Saint-Sauveur), ensevelie aux Carmes.

3. MARIE-ANNE-FÉLICITÉ-DOROTHÉE MAGNAN, née (Saint-Sauveur) le 29 mai 1749 sous le parrainage d'Antoine Aubert, avocat, mariée à Saint-Sauveur, le 18 décembre 1775 avec Balthazar RICHAUD, fils de Paul, bourgeois, et de feue Marie Arbaud.

4. AGATHE-JEANNE-ELISABETH MAGNAN, née à Saint-Sauveur, le 6 février 1753, décédée lo 3 août 1771 (Saint-Sauveur).

## VIII

JEAN-FRANÇOIS-PAUL-AUGUSTIN MAGNAN, baptisé à Saint-Sauveur, le 27 août 1749, fut délégué en même temps que son beau-frère Balthazar

(1) Leur fils François Laugier, avocat, épousa le 28 janvier 1843 à Saint-Sauveur Elisabeth d'Eyroux, fille de feu noble François et de dame Jeanne de Vachier, de Saint-Martin. La signature de Jean de Roux de Pontevès, oncle de la mariée, figure à l'acte à côté de celle de François Magnan.

Richaud par les gens « non compris dans les corps et corporations »
à l'assemblée générale du Tiers-Etat de Manosque. A cette assemblée
les délégués au nombre de 34 sous la présidence des Maire et
Consuls s'occupèrent de la rédaction des cahiers de doléances,
plaintes et remontrances. Ce travail avait été préparé par les Consuls ;
en trois heures les cahiers furent rédigés ; tous les délégués les
signèrent, puis ils désignèrent six d'entre eux pour se rendre à
l'assemblée générale de la Sénéchaussée, qui se devait tenir le 31
mars à Forcalquier, leur donnant mandat de « remontrer, proposer
et consentir la réforme des abus, l'établissement d'un ordre fixe et
durable dans toutes les parties de l'administration, la prospérité du
royaume et de tous les sujets de Sa Majestée ». (arch. com. délib.
1789, D, art. 3, cité par Annales B.-A., XIV, p. 73).

Paul Magnan ne fut pas de cette deuxième assemblée, non plus
que la troisième qui se tint à Forcalquier le 15 avril, réunissant les
délégués des quatre Sénéchaussées de Forcalquier, Digne, Sisteron
et de la vallée de Barcelonette où furent élus quatre députés du
Tiers en même temps que deux députés de la Noblesse, deux du
Clergé et autant de suppléants pour les États Généraux du Royaume
(Annales d°).

Paul ne garda pas longtemps l'attitude de bonne volonté qu'il
avait prise à l'égard de la Révolution. Des incidents nombreux trou-
blèrent la région. L'attaque contre l'évêque de Sisteron, la crainte
des brigands, l'invasion des Sans-culottes marseillais et aixois, une
contribution pécuniaires formidable éloignèrent les hommes sages.
Aussi Paul figurat-il (sous ses premiers prénoms Jean-François) sur
la liste des émigrés que les administrateurs du département des
Basses-Alpes envoyèrent le 10 brumaire an III (9 novembre 1794)
aux officiers de Manosque. Tous ses biens furent mis sous la main de
la Nation (Annales B.-A. XVI, p. 44). Et l'on perd sa trace.

En lui finit la branche Manosquine.

xxxxxxxxxxxxxxxxxxxxxxxxxxxxxxxx

## BRANCHE AIXOISE

———+———

## VI

Esprit Magnan, premier du nom dans cette branche, né à Manosque le 13 février 1651, filleul de sa tante, Catherine Arnaud-Brunet, n'attendait pas de Jean, son père, part suffisante d'héritage. Attiré sans doute par ses oncles Margaillan et Vial, et suivant le mouvement, l'éboulis qui entraîne les eaux, les terres et les montagnes dans les plaines, il résolut de quitter Manosque. Le 7 mai 1674 (Laugier à Manosque), il se fit émanciper par son père, il avait 23 ans, et partit pour Aix.

Il y fut marchand. Le 28 janvier 1687 nous le voyons installé sur la place du Marché en face du grenier à blé, dans une partie de maison qu'il vient d'acheter, « joignant du levant et du couchant la maison du sieur Plauchut, du septentrion la place du Marché, la cave de cette partie de maison avance au-dessous de la place ». Cette maison avait appartenu au sieur Vial, l'oncle ou le cousin d'Esprit. Il en passe reconnaissance devant Beausin (arch. B.-R., B. 922).

Le 4 septembre 1696, il acheta de Lazare Bonfillon « deux boutiques et descharge d'icelles à la rue de la Boucherie dépendant de la maison qui avait appartenu à feu sieur Jean Vial de Roman et par luy acquise du sieur Félix d'Estienne, escuyer ». Roman Vial était l'oncle d'Esprit, Jean Vial, son cousin germain. La partie de maison visée ici est toute voisine de la précédente. La rue de la Boucherie est devenue rue Méjanes ; ces parties de maison devaient être le lieu d'habitation et de négoce d'Esprit Magnan.

Il posséda en outre une partie de maison à la rue du Bœuf, occupée en 1721 par Joseph Massie. Massie étant mort, son fils Pierre Massie, serrurier, violant le droit de gage du propriétaire, a disposé des meubles et effets qui étaient dans l'appartement ; le 7 octobre 1721, pour arrêter les poursuites engagées contre lui, il promet de payer à Esprit « soixante-six livres pour la rente de deux années ». Créancier patient, Esprit lui donna délai jusqu'au jour et feste Saint Jean-Baptiste, 24ᵉ juin prochain.

Esprit eut des intérêts à Manosque : créance de 800 livres sur son frère Claude provenant du legs de leur mère accru des intérêts, autre créance de 363 livres sur le même, créance de 900 livres sur la Communauté.

Esprit fut compris dans l'enregistrement d'armoiries de 1696 et  années suivantes. A son nom le registre Blasons (Prov, II, p. 1596, Bibl. Nat.) renvoie au blason de la deuxième branche des Mées en ces termes : « Comme François de Magnan, même volume, page 1569 ». La figure de la page 1569 doit se lire : « d'argent à trois fasces d'azur et un chef de gueules chargé de trois étoiles d'or ». Mais au registre « Etat des Armoiries ». (Prov. I, p. 918-801) au nom d'Esprit Magnan il y a interversion des émaux ; on y lit : « d'argent à trois fasces de gueules et un chef d'azur chargé de trois étoiles d'or ». C'est une erreur ou une brisure.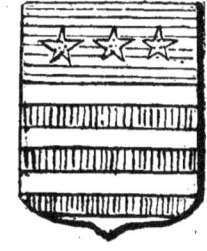

Esprit épousa à Aix, à la Magdeleine, le 14 mai 1689, Thérèse DE CHASSIGNOLLES, fille de Joseph et d'Isabeau Jauberte ou de Jaubert. Le contrat fut passé le surlendemain devant Bermond. Le père donne à sa fille 7.000 livres, « et outre ce les coffres, robbes, bagues et joyeaux... Et au surplus les dits mariés d'amour mutuelle se sont fait et font donnation réciproque », le mari à sa femme de 600 livres,

Honoré de CHASSIGNOLLES
Trésorier de l'Hôpital St-Jacques d'Aix aux années 1567-68
marié à Marguerite de Beaufort

| Magdeleine ép. 1598 Nicolas de la Garde | Marguerite veuve de Pierre Arquier, écuyer, 1634 | Joseph ép. 1597 Anne d'Abrieu ép. 1612 Marguerite de Bruis | Delphine veuve Audiffredy † 9 août 1638 |

| Honoré ép. 1627 Marguerite Lautier | Antoine ép. 1652 Anne David † avant 1724 | Henri procur. au Sénéchal ép. 1657 Marguer. Bourdon | Marthe ép. 1644 J. de Séguiran | Thérèse ép. 1656 Honoré Revest |

| Joseph né 1630 † 1697 ép. 1666 Elisabeth Jaubert | Jean † 1693 | Marthe ép. F. H. Bermond | Joseph épouse 1724 Marie-Suzanne de Taxis | 5 fils et 2 filles | Marg. de Séguiran ép. 1675 César de Miollis |

Jean-Baptiste de Miollis

Laurent de Miollis

Jeanne-Désirée de Miollis ép. Béraud

Sophie Béraud ép. 1810 Fr. de Magnan

Joseph, diacre, né en 1673 † 1704

Philippe, né en 1680, seigneur de Chantereine, ép. 1724 Claire Estienne

Thérèse, née en 1669, ép. 1689 Esprit Magnan

Louise, née 1677, ép. 1701 J. A. Fouque, avocat

Marguerite, née 1681, ép. 1706, Jacques Mottet, de Gra...

Marguerite Bermond, ép. 1699, Blaise Fedon

la femme à son mari de 300 livres « à prandre par le survivant
d'iceux sur les biens du premier déxédé » (1).

A l'âge de 69 ans, Esprit Magnan, se trouvant atteint de maladie,
fit son testament (Fedon à Aix) le 2 janvier 1720 : « Et premièrement comme bon et fidèle chrestien a recommandé son âme à Dieu. »
Puis élection de sépulture en l'église de Sainte-Magdeleine et à la
tombe de sa famille. (Le cimetière de la Magdeleine était alors à
l'angle ouest des rues Ancienne-Magdeleine et Fabrot ; c'est touchant
l'ancienne pâroisse, aujourd'hui démolie, qu'Esprit Magnan avait sa
tombe). Suit un legs de trente livres aux trois hôpitaux d'Aix,
« moyennant quoi prie les sieurs recteurs des dits hôpitaux d'assister
à ses funérailles avec leurs écussons et famille ». Legs de 200 livres
à son frère Joseph, dont nous avons rendu compte. A sa fille Anne,
déjà veuve, il lègue 10 livres ; à ses fils François, ecclésiastique,
Philippe, Espérit, et à sa fille Marie 6.000 livres à chacun, payables
lors de leur établissement, « et jusques alors seront nourrys et entre-
tenus aux despans de son héritage ». A sa chère épouse il lègue les
fruits et usufruit de son bien et héritage, et il lui confère la tutelle
de ceux de ses enfants qui sont encore « en bas eage et pupilarité ».
Enfin il institue son héritier universel seul et pour le tout Jean-Joseph
Magnan, son fils aîné, « pour en jouir et disposer à sa volonté après
le susdit usufruit finy ». On le remarquera, l'héritier est moins favo-
risé que les légataires, car les uns toucheront leurs legs dans l'année
du décès, d'autres au moment de leur établissement, et l'héritier n'en-
trera en possession qu'à la mort de leur mère.

Esprit mourut six ans après, car ce testament fut contrôlé
et insinué le 21 octobre 1730 au prix de 96 livres. C'est sous
une belle figure de patriarche qu'apparaît Esprit Magnan dans cette
filiation.

---

(1) Par son père Thérèse descendait d'Honoré de Chassignolles et de Marguerite de Beaufort, son
épouse, qui vivaient à Aix en 1567; elle était apparentée aux familles de Bruis, de Taxis, de la
Garde, de Séguiran, Bermond, Fedon, Lautier, Mottet, de Miollis, et par ces derniers les descendants
de Thérèse devinrent les alliés de la deuxième branche des Magnan des Mées.

Il avait eu 13 enfants :

1. JEAN-JOSEPH MAGNAN, ainsi nommé des prénoms de ses grands-pères paternel et maternel, et qu'on peut compter pour le premier de la série des Joseph Magnan, fut baptisé à la Magdeleine le 3 mars 1698. Il fut marchand. Il avait trente-deux ans à la mort de son père, dont il hérita. Il semble avoir dès lors administré l'héritage, nonobstant l'usufruit légué à sa mère, car en son testament du 19 juin 1736 (Fedon), Thérèse de Chassignolles reconnaît que Jean-Joseph « lui a annuellement remis les fruits, profits, rentes et revenus de la succession ». Elle ajoute qne ces fruits « ont servi à la nourriture et entretien de tous les enfants et à diverses autres dépenses qu'elle a été obligée de faire tant pour eux que pour elle ».

Jean-Joseph recueillit à une date que nous ignorons l'héritage de sa mère et dut payer de nouveaux legs à ses frères : 350 livres à chacun, et à sa sœur Anne 30 livres.

En 1747 et 1752, Jean-Joseph, assisté de Philippe et d'Anne, plaida contre Anne Tamisier, épouse de leur plus jeune frère Esprit Magnan le second. C'est la dernière mention de lui que nous ayons. Nulle part il n'est question pour lui de femme ou d'enfant.

2. FRANÇOIS MAGNAN, né le 11 septembre 1699 (Sainte-Magdeleine), est qualifié ecclésiastique en 1720, au testament de son père. En 1736, au testament de sa mère, nous le voyons prêtre pourvu du bénéfice de chanoine-sacristain en l'église cathédrale de Sénez. (Quelle belle vieille église on voit dans le pauvre village de Sénez ! et de quelles admirables tapisseries décorée dans son actuelle pauvreté !) François s'astreignit-il à la résidence ? Nous ne le croyons pas, car le 8 janvier 1739 (Fedon), il chargea Messire de Barbaroux, chanoine de la même église, d'arrenter les prébendes de son bénéfice. Il est vrai qu'il était engagé à cette époque dans de grosses difficultés. François avait un parent, Louis Lautier, chanoine de Saint-Sauveur, homme érudit, possesseur d'un riche

cabinet de curiosités, qui fut élevé successivement aux dignités de théologal et de prévôt. La prévôté tenta François : il obtint de son parent une résignation à son profit, et sollicita en Cour de Rome des bulles de provision. Les bulles lui parvinrent, mais le chapitre excipa que la prévôté était une dignité élective et non résignable, que c'était après l'élection et non avant que devait intervenir la confirmation de Sa Sainteté. Il appela comme d'abus des bulles de provision. Le prévôt Lautier étant mort sur ces en-trefaites (18 mars 1737), le Chapitre opposa à Magnan le chanoine André de Forbin d'Oppède. Il fallut plaider devant le Parlement d'Aix et le Conseil privé du Roi. Mais François n'avait pas les appuis dont pouvait disposer son adversaire, qui avait des parents au Parlement et était aumônier du Roi. Par arrêts d'Aix du 19 juin 1738 et du Conseil privé du 24 juillet 1739, la prévôté fut attribuée à l'abbé d'Oppède (Roux-Alphéran, Union du bourg Saint-Sau-veur, rue Matheron ; Arch. B.-d.-R., Délib. capit. 1717 à 1739, p. 477 à 486).

3. ESPRIT-FRANÇOIS MAGNAN, né le 8 octobre 1700, mort le 22 août 1705 ;

4. JOSEPH MAGNAN, né le 6 septembre 1702, filleul de Messire Joseph Chassignolles, diacre, et d'Anne Magnan, mort le 5 février 1703 ;

5. PHILIPPE MAGNAN, qui suit ;

6. ESPRIT MAGNAN, qui sera donné ensuite ;

7. ANNE MAGNAN, mariée le 22 décembre 1716 à un allié des Chassignolles, Dominique MEYNIER, ancien procureur au Séné-chal, deux fois veuf déjà, qui mourut quelques mois après, le 17 septembre 1717. Anne accoucha le 14 février 1718 (Clapiers, VIII) d'un fils, Esprit-Dominique Meynier, qui fut avocat en la Cour et mourut à Aix le 6 février 1795 ; ses cousins germains, enfants de Philippe et d'Esprit Magnan, en héritèrent.

8. THÉRÈSE MAGNAN, née le 10 juillet 1691, morte en bas âge ;

9. CLAIRE MAGNAN, née le 15 septembre 1692, décédée le 27 septembre de l'année suivante ;

10. JEANNE MAGNAN, décédée à cinq ans le 10 mars 1699 ;

11. ELISABETH MAGNAN, née le 8 octobre 1694, morte jeune ;

12. MARGUERITE-THÉRÈSE MAGNAN, née le 7 novembre 1705, morte avant 1720 ;

13. MARIE-CATHERINE MAGNAN, née le 12 avril 1708, filleule de Jacques Mottet, de Grasse, son oncle, morte avant 1720.

VII

PHILIPPE MAGNAN, dixième enfant d'Esprit Magnan le premier, et de Thérèse de Chassignolles, naquit à Aix le 12 mars 1704. Il eut pour parrain Philippe de Chassignolles, sieur de Chantereine, et pour marraine Anne Magnan.

Le premier de sa famille, il alla s'établir à Marseille ; il demeura d'abord sur la paroisse des Accoules, haut et loin dans la vieille ville. Plus tard il demeura à la place des Hommes : c'est là qu'habitaient, en 1789, ses fils Victor-Amédée et Joseph. Philippe, qui était commerçant, abandonna les affaires avant 1779, car en cette année le Guide Marseillais porte au lieu de son nom le nom de Ph. Magnan fils.

Il eut la tristesse d'assister le 17 mars 1794 à la saisie d'effets et perquisition qui suivit la mort sur l'échafaud de son malheureux fils Philippe. On voit au procès-verbal (Arch. B.-d.-R, Inv. des Biens des Emigrés, 14-55) sa signature d'une écriture régulière, bien que tremblée et raturée ; elle révèle un vieillard plein d'énergie et prudent,

Il mourut à Marseille le 24 mai 1795 (5 prairial an III).

Le prénom de Philippe, qu'avait porté en même temps que lui son fils, le juge consulaire guillotiné, fut donné ensuite en souvenir d'eux à sa petite-fille Philippe-Sophie Magnan, épouse Musse, à son petit-neveu Philippe-Joseph, à ses arrière-neveux Jules-Philippe, fils de Philippe-Joseph, et Georges-Philippe, fils de Bernard.

Marié à Brigitte FRANCOUL, il avait eu cinq enfants :

1. LOUIS MAGNAN, qui continua la descendance.

2. Honoré-PHILIPPE MAGNAN, né à Marseille, le 24 juillet 1743. frère jumeau de Louis, filleul de Marie-Anne Couture, épouse de Jean-Baptiste Crozet, courtier royal, succéda à son père pour les affaires avant 1779 ; son frère Louis dut être son associé, car leurs nom réunis figurent sur de nombreux actes commerciaux (d'Ecormis à Marseille).

Philippe donna à son cousin germain Jean-Joseph-Toussaint une bonne preuve d'amitié : il fut à Aix le parrain de son fils Philippe-Joseph Magnan, le 11 avril 1782.

Au début de la Révolution Philippe fut membre du Conseil municipal de Marseille. Plus tard, il fut élu juge au Tribunal de commerce ; c'était à la fin de juin 1793. Le parti Girondin, qui avec Barbaroux avait toujours été puissant à Marseille, venait de mettre en fuite Bayle et BOISSET, représentants envoyés par la Convention ; le 17 mai avait été fermé le club jacobin de la rue Thubaneau, et le 8 juin les sections avaient délibéré de regarder comme non avenus les décrets de la Convention. Le 22 juin un membre de la première section proposa de renouveler le Tribunal de commerce : les membres en fonctions nommés par l'assemblée générale des électeurs étant estimés incapables et trop avancés, l'orateur proposa de revenir à l'élection par les seuls commerçants comme l'avait prescrit un décret de la Constituante. C'était illégal, puisque la Convention par un décret d'octobre 1792 avait changé la loi. Néanmoins la motion fut aussitôt discutée, adoptée, présentée à l'adhésion des 23 autres sections, qui adhérèrent, enfin visée par la Comité général Sectionnaire, puis les élections eurent lieu. Tout se passa en dehors des administrations de l'Hôtel-de-Ville, du District et du Département.

Nous connaissons trois des juges qui furent élus : Chégaray, président, Philippe Magnan, juge, et Dragon, juge-suppléant. Jean-Joachim Dragon, ci-devant négociant, né et domicilié à Marseille, était peut-être le fameux spéculateur qui avait morcelé le quartier Sylvabelle. Il était alors membre du Bureau des Subsistances et avait 68 ans. Antonin Chégaray, négociant, né à Bayonne était le fils de Thomas, procureur du Roi ; l'un de ses frères avait été délégué du Labour en Navarre, l'autre, intendant de la maison de Gramont ; lui-même était venu commercer à Marseille et l'estime qu'avaient ses voisins lui valait d'être souvent pris pour arbitre. Quant à Philippe Magnan, sa situation commerciale n'était pas moindre que celle de Dragon, et sa famille valait les Chégaray.

Le Tribunal de commerce renouvelé fut installé sans solennité au prétoire de la rue Saint-Jaume : comme les juges n'arrivaient pas en nombre, il fallut supplier deux des juges sortants de rester en fonctions deux jours encore. La session ne dura pas longtemps.

La lutte se poursuivait entre la Convention, que dominait la Montagne, et la France devenue suivant les régions girondine, fédéraliste ou royaliste. Le Comité général des Sections de Marseille délibéra que chaque département du Midi enverrait deux députés à Bourges pour y former une autre Assemblée Nationale, avec un bataillon pour soutenir ces députés. Un bataillon partit de Marseille avec deux députés ; il s'arrêta à Arles attendant celui de Nîmes : les troupes du Bas-Rhône réussiraient-elles à se joindre et à donner la main à celles de Lyon ? Si oui, c'était la guerre civile comme en Vendée. Deux faits rapportés par M. Guibal (Le mouvement fédéraliste en Provence) peignent le caractère et les visées que l'insurrection eut à Marseille à sa dernière période. Le 14 août le Comité de Sûreté Générale, qui concentrait tous les pouvoirs, ordonna pour le 18 une procession générale. On descendit du fort Notre-Dame de la Garde la statue de la Vierge et on la promena avec pompe dans la ville. Le 22 août, Jules Abeille alla à Toulon snpplier l'amiral Hood, commandant la flotte Britannique, de prêter assistance aux Sections

Marseillaises pour faire proclamer roi Louis XVII. Tout est à louer dans l'insurrection Marseillaise : tendances corporatives, catholiques et royalistes, un point excepté, l'alliance avec l'étranger. Leur excuse est dans l'horreur du joug des Jacobins qui allait de nouveau peser cruellement sur eux.

Le 25 août 1793, à 9 heures du matin, Cartaux à la tête des troupes de la Convention fit son entrée dans Marseille : les bataillons fédéralistes battus à Septèmes s'étaient retirés vers Toulon. Tous ceux qui avaient occupé des emplois publics durant le mouvement contre-révolutionnaire furent impitoyablement poursuivis et leurs biens séquestrés. Les prisons regorgèrent de suspects. Nos trois juges arrêtés occupèrent une chambre à la maison d'arrêts de la rue Saint-Jaume ; le 22 nivôse an II ils passèrent en jugement au vieux palais, place Daviel, face à la grille de l'Hôtel-Dieu. Joseph Giraud, accusateur public, porta contre eux ses accusations : Dragon ne s'était jamais décidé en faveur de la Révolution, non plus que Chégaray ; ils se sont montrés complaisants et zélés dans la contre-révolution ; ils ont contribué à faire revivre le régime monarchique de 1789 ; ils se sont assemblés en corporation, ils ont destitué les juges de commerce légaux, ils ont usurpé leurs places. La même accusation est portée contre Philippe Magnan : il a été nommé juge par la même corporation. Tous les trois ont servi à maintenir l'égarement des esprits faibles, tous les trois ont donné des preuves de leur retour au royalisme. Ils sont prévenus de révolte, d'aristocratie et de contre-révolution. Les accusés se défendirent eux-mêmes, faisant valoir qu'ils s'étaient cantonnés dans leurs fonctions de juges sans se mêler jamais aux discussions politiques. Puis le président Maillard cadet prit l'avis des membres du Tribunal, et il prononça que Dragon, Chégaray et Magnan, « aristocrates, contre-révolutionnaires étaient en vertu du décret du 27 mai an 1er condamnés à la peine de mort ». Il était 4 heures 1/2 du soir. L'exécution eut lieu le lendemain (12 janvier 1794) sur la Cannebière en face de la Place Royale.

Philippe était veuf de Catherine-Marthe REYNOARD, fille de Paul-Charles, négociant qui trafiquait avec les Antilles (mge Saint-Ferréol, 8 décembre 1772). D'où :

*a*) Philippe-SOPHIE MAGNAN, qui épousa le 23 avril 1795 (4 flor. III, d'Ecormis à Marseille) Philippe-Nicolas MUSSE, commerçant ;

*b*) REINE-Françoise-Zoé MAGNAN, mineure en octobre 1795 sous la tutelle de son oncle Louis, acheta pour 150,000 livres une maison à la rue (St) Suffren près la place Castellane (6 brum. IV, d'Ecormis à Marseille).

3. VICTOR-AMÉDÉE MAGNAN, né à Marseille le 1er juin 1745, fut à vingt ans reçu docteur en médecine à la Faculté de Montpellier (9 novembre 1765). Il rentra aussitôt à Marseille et fut pendant douze années adhérent du collège des médecins de Marseille et attaché aux hôpitaux, membre de l'Académie de Marseille, (il en fut chancelier en 1785, Grosson, alm. hist.), correspondant de la Société Royale de Montpellier.

A trente-deux ans une situation plus haute s'offrit à lui ; il devint médecin ordinaire de la maison du Roi. L'almanach Royal de 1782 (et années suivantes) le donne comme « médecin ordinaire du Roi servant par quartiers en Cour » et le domicilie « à la rue Saint-André-des-Arts près celle des Augustins ». Trois mois de l'année à Versailles, neuf à Paris, visitant alors la clientèle en ville, ainsi vécut-il seize ans jusqu'à la mort du Roi.

A ce moment la guerre appela tout le disponible comme combattants et comme services. Les premiers succès de 1792 avaient conquis la rive du Rhin ; Victor-Amédée par brevet du Ministre de la Guerre du 4 mars 1793 fut commissionné comme médecin des hôpitaux de l'armée de la Moselle. En juin 1795 (21 prairial an III) il est à Trèves médecin de l'armée et de l'hôpital Maximin, et il comparaît devant le Commissaire des Guerres de la Place, donnant procuration à son frère Joseph de recueillir la succession de leur cousin Esprit-D. Meynier, qui venait de mourir à Aix. En avril 1800 (16 germinal an VIII), un brevet de Bonaparte, premier Consul, maintient Victor-Amédée médecin ordinaire de l'armée du Rhin ; c'est toujours à l'hôpital de Trêves qu'il exerce ses fonctions. Le 4 février 1802 (15 pluv. x) un ordre du Ministre de la Guerre l'envoie à l'hôpital d'Anvers. Le 12 avril 1807 il passe à l'hôpital de Liège ; il y soignait encore les blessés le 14 octobre 1810, comptant à ce moment neuf campagnes, et voici les notes qu'en 1808 le Commissaire ordonnateur avait données de lui : « Expérimenté, il remplit ses fonctions avec zèle et assiduité, est très attaché à ses devoirs et à ses malades, jouit d'une réputation de moralité justement méritée. »

Victor-Amédée quitta Liège après l'évacuation de la place. Le 23 février 1814 il fut nommé à l'hôpital de Senlis ; le 28 novembre il passa à celui de Versailles. Bientôt il se fixa à Paris, 15, rue Saint-Guillaume, sans toutefois exercer la médecine. Il vécut dans la retraite, voyant ses neveux Adrien et Emile, qui alors habitaient Paris, et dînant avec eux tous les dimanches. A sa mort il n'a laissé qu'un avoir insignifiant. Pendant toute sa vie il avait fait beaucoup de bien. Son portrait existe peint par Hennequin. Victor-Amédée a laissé une traduction du traité d'Hippocrate : « Des Airs, des Lieux, des Eaux », petit volume de 95 pages édité à Paris chez veuve Hérissant en 1787.

4. Joseph-Dominique MAGNAN, qui porta plus tard le nom de LA Roquette, naquit à Marseille vers 1746. Il s'adonna à la peinture et fut un artiste de quelque talent, un collectionneur de goût. Il fut membre de l'Académie de peinture de Marseille (almanach hist. de Grosson, 1785), puis de l'Académie des Arcades de Rome. Quand plus tard il habita Aix, il fut membre du bureau de direction de l'Ecole de Dessin (1808) ; il fut aussi l'un des fondateurs de la Société des Amis des Lettres, origine de l'Académie des Sciences, Lettres et Arts d'Aix.

A Marseille il demeurait à la place des Hommes, où nous croyons qu'était la maison de son père. A Aix il habita place de l'Archevêché, n° 24. Il y accumula une collection admirable de tableaux de maîtres de toutes les écoles. Le catalogue établi après sa mort énumère les dessins, bustes, estampes, les figures et fragments antiques en marbre, les terres cuites et marbres du « célèbre Puget », les ivoires sculptés, les bronzes florentins, etc; qui ornaient son hôtel. Ces belles choses excitèrent les convoitises de la municipalité aixoise : Joseph Magnan désirant voir plus commodément sa sœur Madame Mollet de Barbebelle, qui habitait tout en face de chez lui, rue de la Grande-Horloge (aujourd'hui rue de Saporta) n° 19, sollicita de la Mairie l'autorisation de jeter un pont sur la rue pour relier les deux maisons. La mairie pour prix de l'autorisation demanda que les collections de Joseph seraient léguées à la ville d'Aix. L'affaire en resta là. Mais quand Joseph mourut, ses héritiers firent don au musée d'Aix de plusieurs pièces, notamment d'une grande toile représentant le siège d'Aix par les troupes du duc d'Epernon en 1593. Les collections s'acheminèrent sur Paris et furent vendues le 22 novembre 1841 par les soins de Bonnefons de la Vialle, commissaire-priseur.

Joseph épousa à Marseille en mai 1796 Lybie de MAURELLET, née à Aix le 15 juillet 1758 (Boisgelin, Musée Arbaud, A, Magnan) fille de Gaspard-Amiel marquis de La Roquette et de Magdeleine-Julie de Castellane-Esparron. Par contrat du 18 floréal an IV reçu par Bonsignour (Antiq à Marseille) la future apporte en mariage son trousseau ; le futur déclare ne posséder en ce moment qu'une rente de 120 livres d'un terrain et enclos à la Plaine Saint-Michel. Mais de fait Lybie possédait des droits immobiliers importants qu'elle partagea avec sa mère et ses sœurs le 27 octobre 1797 (6 brum. an VI) devant Raspaud à Aix (Lombard). Dans ce partage il lui échut une propriété dans le Var entre Quinson et Montmélian : le château de La Roquette, ancienne baronnie érigée en marquisat par lettres patentes de Louis XIV datées de décembre 1651 en faveur de Jean-Augustin de Foresta. Le marquisat avait été confirmé à Nicolas de Maurellet, acquéreur et à ses descendants mâles par lettres patentes de Louis XV, datées d'août 1723. Joseph Magnan et sa femme habitèrent souvent La Roquette ; ils en portèrent le nom :

> Magnan de La Roquette,
> Marquis Magnan de La Roquette et
> Marquis de Magnan-La-Roquette.

Cette addition de nom était légitime, car sous l'ancien régime la possession d'une terre donnait droit d'en porter le nom, et le mari usufruitier des droits dotaux de sa femme était aussi réputé possesseur. En 1814 cet ancien droit fut remis en vigueur par la Charte en ces termes : « L'ancienne noblesse reprend ses titres. » Toutefois la terre de La Roquette à l'extinction des mâles de la maison de Maurellet (les frères de Lydie avaient péri durant la Révolution), avait cessé d'être un marquisat et était redevenue baronnie. C'est donc BARON de La Roquette (et non marquis) que Joseph-D. Magnan était régulièrement.

Le 3 nov. 1817 Joseph cédant aux prières d'un cousin de sa femme, Marie-Joseph de Foresta, lui vendit La Roquette à fonds perdu (Bayle à Aix). Une ordonnance royale de 1821 autorisa l'acquéreur à reprendre le titre de marquis de La Roquette.

Joseph recueillit ainsi que ses frères les successions de Esprit-D. Meynier et de Jean-François Fedon, ses cousins décédés à Aix, l'un en février 1795, l'autre en 1796.

Joseph renoua avec les Magnan des Mées le cousinage qui avait cessé depuis Manosque et peut-être depuis Bayons : il fut témoin du mariage de François-J. de Magnan, alors avoué à Forcalquier, avec Sophie Béraud célébré à Aix le 2 juillet 1810. L'acte civil le qualifie « cousin de l'époux ». Le 25 mai 1822 Joseph fut témoin à l'acte de naissance du plus jeune fils de François.

Joseph Magnan de La Roquette mourut à Aix le 27 mars 1828 sans laisser de postérité. Sa femme y mourut le 9 juillet 1840.

5. THÉRÈSE-Marie-Elisabeth MAGNAN née à Marseille-Accoules, le 10 octobre 1737, baptisée le 15 même mois par François Magnan. son oncle, qui y prend la qualité de prévôt de Saint-Sauveur. Sa marraine fut sa grand'mère Thérèse de Chassignoles-Magnan, et son parrain fut Honoré Chaudon (Boisgelin, Musée Arbaud, A, Magnan). Thérèse mourut jeune.

6. ANNE-THÉRÈSE MAGNAN née à Marseille-Accoules le 17 février 1741 (Boisgelin, Musée Arbaud, A, Magnan) épousa Pierre Mollet, seigneur de Barbebelle, avocat, contrôleur des Gabelles pour le Roi. Mollet habitait Aix, rue du Pont, en hiver, et le château de Barbebelle près Rognes en été. Barbebelle, arrière-fief, jouissait du droit de colombier et du droit de carçan. L'amorce du carcan se voit encore dans l'une des piles de portail qui se dressent non loin de la route dans la direction d'Aix. On mettait au carcan pour quelques heures les bergers que l'on trouvait pâturant sans droit sur la propriété. En 1785, Pierre Mollet de Barbebelle fut élu membre titulaire de l'Académie d'Aix.

En 1789 Mollet de Barbebelle fut pro-assesseur d'Aix, au Conseil municipal (Ch. de Ribbe, « Pascalis », p. 308). Sous la terreur Mollet recherché se cacha. Etant revenu à Aix pour un motif quelconque et pour une heure seulement, sa femme affolée de l'imprudence qu'il commettait lui en fit de reproches très vifs. Mollet en fut-il froissé ? ou pensa-t-il que des voisins avaient entendu et le dénonceraient ? On ne sait. Il sortit aussitôt, et en pleine rue se tua d'un coup de pistolet dans l'oreille. Nombreux alors étaient les malheureux qui pour se délivrer de la menace obsédante de la mort, se donnaient la mort eux-mêmes.

Il laissait une fille, Marie-Thérèse-Françoise Mollet, baptisée à Saint-Sauveur d'Aix le 19 décembre 1779, mariée à César Vicary, et qui mourut à Aix (Piques) le 6 octobre 1799 (Clapiers, Tables).

Anne hérita de sa fille et par elle de la fortune de son mari. Après elle le château de Barbebelle passa à des neveux Adrien et Emile Magnan. Elle demeurait en dernier lieu à Aix, rue de la Grande-Horloge, n° 29. Elle mourut le 3 décembre 1826.

## VIII

Louis Magnan, fils aîné de Philippe, né à Marseille le 24 juillet 1743, fut associé avec son frère H.-Philippe pour le commerce : son nom paraît avec celui de H.-Philippe en diverses opérations (d'Ecormis à Marseille) aux années 1790-91.

Après la mort tragique de Philippe, Louis fut le conseil de ses nièces ; lorsqu'en octobre 1795 Reine Magnan, la cadette, acheta une maison près la place Castellane à la rue (Saint) Suffren au prix de 150.000 livres, c'est Louis qui compta les fonds au vendeur « en monnaie de cours », en assignats dépréciés évidemment (6 brum. an VI).

Peu après, le 22 décembre 1795 (nivôse an IV, Bonsignour), Louis retiré des affaires fit son testament. « Il recommande son âme à Dieu et implore sa miséricorde » (la Révolution n'avait donc rien changé dans les formules et peu de choses dans les esprits) ; puis il fait un legs important à sa femme. Il se retira ensuite à Mallemort.

Il mourut à Aix dans la maison de sa sœur Mᵐᵉ Mollet le 16 juin 1822 ; François de Magnan et César Vicary déclarèrent son décès.

Louis avait épousé le 25 février 1777 à la paroisse Saint-Ferréol à Marseille, Reyne-Françoise Raynoard, née à La Dominique, Antilles, fille de Paul-Charles, négociant, et sœur de Catherine-Marthe, qui avait quatre ans avant épousé H.-Philippe Magnan, frère jumeau de Louis. Elle mourut avant lui.

Ils laissèrent deux fils :

1. Paul-François-Emile Magnan, né à Marseille vers 1781, fut sans diplôme ingénieur civil.

Vers 1810 il partit pour Paris avec son frère.

Ils avaient été frappés de la façon rudimentaire dont on tondait les draps aux ciseaux : penchés sur de grandes tables des ouvriers adroits y employaient de grandes journées et ne rendaient qu'un travail irrégulier. Ils combinèrent une machine tondant automatiquement. Aux essais il y eut quelques accrocs ; la machine au lieu de tondre, coupait le drap en lanières : on appela cela faire des vermicelles. Puis la mise au point fut réalisée. Emile et Adrien prirent des brevets en France, en Angleterre, en Belgique, en Hollande, en Prusse, en Autriche. Ils se mirent en rapport avec de grandes maisons de draperie, notamment la maison Poupard et la maison de Neuflise, qui leur donnèrent des draps à tondre, et d'autre part ils traitèrent avec des constructeurs, tel Coqueril, de Séreins (Hollande), qui construisirent leur machine pour la vente. Une tondeuse d'essai existe encore au château de Barbebelle, ainsi que des gravures représentant la machine définitive. Les brevets furent exploités en participation avec les fabricants de draps et les constructeurs mécaniciens qui avaient fait des avances.

Cette nouveauté qui arrivait à des résultats inespérés inquiéta les ouvriers tondeurs de drap à la main. A Lyon il y eut des caisses contenant les machines jetées au Rhône par les mécontents. A Séreins il y eut des difficultés d'un autre ordre. Les ouvriers de Coqueril se trouvèrent en butte aux tentatives de débauchage qui agitèrent partout le monde du travail en 1830 ; mais ceux de Coqueril voulaient travailler : ils braquèrent deux canons devant les portes de l'usine, allumèrent les mèches et attendirent l'assaut de la foule. Celle-ci se dispersa aussitôt.

Emile et Adrien se rendirent pour leurs affaires plusieurs fois à Vienne et à Berlin, mais ils habitèrent surtout Liège, dès lors grand centre manufacturier, et ils rayonnèrent de là sur les pays voisins. Après quelque vingt ans d'une exploitation fructueuse, les brevets vinrent à expiration. Emile et Adrien se retirèrent à Aix, où les appelaient les successions de leur père, d'Anne Mollet de Barbebelle et de Joseph Magnan de La Roquette. Emile habita rue du Bœuf, n° 4. Il avait commencé la construction de la maison voisine, rue d'Italie n° 16, mais après lui ce qu'il avait élevé, superbes caves voûtées, rez-de-chaussée en pierre froide fut vendu à un maître-maçon qui termina la bâtisse fort légèrement.

Emile ne fut pas marié. Il mourut à Aix le 23 décembre 1858, âgé de 77 ans.

2. Louis-Adrien Magnan, qui suit.


## IX

Louis-Adrien Magnan naquit à Marseille le 22 février 1791, Il partagea tous les travaux de son frère Emile.

Rentré à Aix, y demeurant à la rue de la Grande-Horloge (auj. rue de Saporta) n° 10, il épousa le 16 octobre 1838 Thérèse-Adélaïde Pontier, fille de Pierre-Henri, inspecteur des Eaux-et-Forêts, descendant des Pontier, fameux imprimeurs aixois du xvie siècle et notables médecins du xviiie. La fiancée habitait l'hôtel Saint-Paul, rue Matheron n° 2, où un autre Magnan, Joseph Magnan aîné de la branche marseillaise, vint aussi prendre femme le 23 octobre 1900. François de Magnan, conseiller à la Cour, fut témoin au mariage d'octobre 1838. Deux mois auparavant, le 7 août 1838 Adrien et son frère Emile avaient assisté au mariage de leur cousine Hortense de Magnan, fille du conseiller, avec le Président Labat : le cousinage et l'amitié renoués entre les deux branches en 1810 se continuaient.

Adrien habita beaucoup le château de Barbebelle, qu'il avait hérité de Anne Mollet de Barbebelle, sa tante, et il le répara si solidement que lors du tremblement de terre du 11 juin 1909 ce château sis au centre de la région sinistrée entre Beaulieu, Rognes et Saint-Cannat n'a eu que des dégâts insignifiants, tandis que fermes et bastides s'écroulaient autour de lui. C'est qu'Adrien, ingénieur de son état, avait été le plus prudent et le plus soigneux des hommes.

Il mourut à Aix le 8 février 1868 ; sa femme était décédée à Lyon au cours d'une opération chirurgicale le 3 juillet 1847.

Trois enfants :

1. Honoré-Louis Magnan, qui suit ;

2. Une fille mort-née à Aix le 4 août 1839 ;

3. Marie-EMILIE MAGNAN, née à Aix le 22 août 1840, qui épousa à Aix le 24 février 1866 EMILE-Antoine GIRAUD, né à Lambesc le 23 février 1827, fils d'Anselme, directeur des Postes en retraite et de Colette Lambert. Emile, ancien élève de l'école Polytechnique, capitaine d'artillerie, avait fait la campagne de 1870 à l'armée de Bazaine. Prisonnier à Metz, il avait été interné en Allemagne. Par la suite il passa chef d'escadron et officier de la Légion d'honneur.

Emilie est décédée à Aix le 29 février 1904, et son mari le 28 mai 1916, âgé de 89 ans. Leur fils Gustave Giraud, officier de carrière, capitaine d'artillerie engagé dans la grande guerre européenne, a été tué sur le front de France à la fin de décembre 1914. Leur autre fils Louis, avoué près la Cour d'Aix, capitaine d'infanterie territoriale, plus heureux, a été blessé seulement, et après quatre ans de campagne a obtenu la croix de guerre et la croix d'honneur.

## X

Honoré-LOUIS MAGNAN, né à Aix le 13 août 1843, agriculteur et bâtisseur, fait valoir ses terres de Barbebelle, La Bardeline et Saint-Pons. C'est le plus industrieux des hommes et le plus actif. A 30 ans il fut nommé président du Comité d'études contre le phylloxéra, et plus tard vice-président de la Société départementale d'agriculture, membre du Comité de surveillance des fermes-écoles de la Montaurone et de Valabre, chevalier du Mérite agricole. Il est maire de la commune de Rognes depuis mai 1914.

Il a épousé à Aix le 27 octobre 1875 Jeanne d'ARNAUD, dont le frère Paul a été président du Tribunal civil de Brignoles. Leur ancêtre N. d'Arnaud de Saint-Gaétan, chevalier de Saint-Louis, était conseiller au corps de ville d'Aix en 1789 (C. de Ribbe, « Pascalis », p. 308). Jeanne est décédée à Aix le 15 mars 1914 à l'âge de 68 ans.

Pas de postérité.

# Les ancêtres de Jeanne d'ARNAUD-MAGNAN

François d'Arnaud
*ép. le 7 mars 1729*
*Thérèse Cadet*

} Gaspar d'Arnaud (1)

*épouse le 30 avril 1772*

Pierre Gérin
*ép. Françoise Eyraud*

} *Jeanne Gérin*

} Georges d'Arnaud (2)

*épouse*
*le 7 février 1805*

Emm^el Brun, bar^n de Boade
*ép. Elisabeth Boisson*

} Jean, baron de Boade

*épouse*

Fr. d'Albert-Silans
*ép. en 1742*
*Louise de Seytres de Caumont*

} *Gabrielle d'Albert-Silans*

} Rosalie Brun de Boade

*François d'Arnaud*

*Mariés le 27 octobre 1840*

*Jeanne d'Arnaud*

Honoré Castel
*ép. Françoise Bernard*

} Jean Castel

*épouse*

N. Bérage (3)
*ép. Jeanne Crest*

} *Marie-Thérèse Bérage*

} Honoré-Paulin Castel

*épouse*
*le 29 novembre 1802*

J^u-Jos. Grandin de Salignac
*ép. N. Cresmartin*

} Joseph de Salignac (4)

*épouse*

N. Ricord
*ép. N.*

} *Marie-Gabrielle Ricord*

} Marie-Thér^se Grandin
de Salignac

*Pauline Castel*

---

(1) De Gaspar d'Arnaud par sa fille Thérèse, épouse Fr. Sallier, sont issus les Sallier, Guigou, de Poitevin, de Maureillan, de Sigaud de Bresc, de Ranchin.

(2) De Georges d'Arnaud, par sa fille Céline, épouse de Constantin Mathieu, sont venus les Mathieu d'Arc, Mistral, Ravoux, Lanéry d'Arc, Lanteaume.

(3) De N. Bérage sont issus les Jaubert de Saint-Pons.

(4) De Joseph de Salignac par sa fille M^me de Barlet, sont issus les Claudio Jeannet, de Monval, de Taillas ; par sa fille M^me du Bourguet, les Reynaud de Fontvert, de Présolle, de Salve-Villedieu ; par sa fille M^me Isoard les de Capdeville, les Fil.

## BRANCHE MARSEILLAISE

### VII

ESPRIT MAGNAN, dernier enfant d'Esprit et de Thérèse de Chassignoles, naquit à Aix le 28 juin 1709 et fut baptisé à la Magdeleine. Il fut marchand. Il toucha en 1736 des mains de Jean-Joseph, son frère aîné, le legs de six mille livres que lui avait fait son père. Il se maria à Aix le 26 juin 1742 avec Anne TAMISIER, fille de Claude, greffier criminel au Parlement, et de Marguerite de Régina : sa future épouse apportait en dot six mille livres, dont mille en valeur de ses hardes.

Marguerite de Régina, sa belle-mère, descendait d'un fourrier de la maison du Roi René, Jean de Régina, qui fut exempté d'impôt au Puy-Sainte-Réparade (B.-du-Rh.) à concurrence d'un feu par lettres de l'an 1469 (arch. B.-du-Rh., Pavonis, f. 191). Marguerite était l'arrière-petite-fille de Raphaël de Régina, notaire à Aix, fils de Guérin II, du Puy. De cette alliance viennent les flambeaux d'argent armoriés possédés par Isabelle Magnan-Corréard.

Esprit mourut avant le 10 avril 1782, et Anne Tamisier décéda à Aix le 29 mai 1805 (9 prairial an XIII).

Un fils unique :

### VIII

Jean-JOSEPH-Toussaint MAGNAN, né à Aix le 1er novembre 1743, eut pour parrain Emile Tamisier, son aïeul, et pour marraine sa tante Anne Magnan de Meynier. La fête du jour explique le prénom de

Toussaint ; les deux autres prénoms étaient ceux du frère aîné de son père, qui habitait Aix, mais n'est pas nommé dans l'acte.

Joseph fut élevé à Aix, au collège Bourbon, dirigé par les Jésuites. Il dut y connaître son cousin, le Père Etienne Magnan, de la branche manosquine, qui y professait la logique. (Méchin, hist. du Coll. Bourbon, pp. 325, II, et 457, III).

Joseph, qualifié négociant à l'état-civil, fit le commerce des fruits de Provence : amandes, olives. Son commis partait à cheval, les fontes de sa selle pleines d'or, et achetait à la propriété.

En août 1789, quand se forma à Aix la milice citoyenne, Joseph y entra ; c'est à lui, semble-t-il, qu'il faut rapporter cette mention ; « 10ᵐᵉ compagnie, Dominique Grégoire, marchand, capitaine ; Magnan, négociant, lieutenant ; de Cabre, président à mortier au Parlement, sous-lieutenant ».

En 1791, Joseph acheta la Tour Sainte-Anne, vaste domaine au terroir de Pierrefeu (Var). C'était un bien de l'Evêché de Toulon que vendait la Nation. Joseph paya son prix entre les mains des créanciers de l'évêque inscrits sur l'immeuble. Ce domaine appartient aujourd'hui aux fils de Georges Magnan. Ils y conservent le cachet de Jean-Joseph, qui porte ses initiales sur un écu carré entouré d'une guirlande et timbré d'une couronne.

Sous le Directoire, les riches Anglais se rendant en Egypte traversaient Aix : les banquiers londoniens les munissaient de papier sur Joseph Magnan, qui par ce temps de rareté de numéraire sut avoir des réserves d'or.

Joseph habitait à Aix, rue du Mouton, nᶜ 16. Il y mourut le 24 octobre 1813 et fut enseveli au cimetière Saint-Sauveur. Ses restes en 1852 furent transférés au cimetière Saint-Pierre par les soins de ses fils. Une haute pierre les surmonte et rappelle expressément « sa probité, sa prudence, sa loyauté, la justesse de ses vues et de ses conseils », sa charité envers les pauvres, ses fonctions de membre de la fabrique de la paroisse métropolitaine et l'affection qui unissait toute cette famille.

Il avait épousé à Marseille, le 18 mai 1779, paroisse Saint-Martin, Marie-Magdeleine-Marguerite Bernard, fille de Jean, laveur de laines, et de Marguerite Gal. L'aïeul maternel de l'épouse, le docteur Gal, s'était, dit-on, prodigué auprès des pestiférés en 1720. Le mariage de Joseph avec Marguerite Bernard (1) avait peut-être été négocié par Philippe Magnan, oncle de Joseph, qui habitait Marseille et qui y fut témoin.

De cette union il vint cinq enfants : ·

1. Jean-Joseph-Césaire Magnan, né à Aix le 25 février 1780, mort en mars suivant ;

2. Philippe-Joseph Magnan, qui suit ;

3. Louis-Joseph-François Magnan, né à Aix le 11 juillet 1783, dit par erreur fils d'Esprit, dans son acte de baptême ; décédé le 24 août 1789 ;

4. Lazare - Bernard - Marguerite Magnan, auteur d'une autre branche ;

5. Magdeleine-Louise-Baptistine Magnan, née à Aix le 6 février 1781, filleule de son grand-oncle Louis Tamisier, greffier en chef et garde-scel civil du Parlement. Elle fut mariée à Baptistin Badetty, de Marseille, d'où une nombreuse postérité.


## IX


Philippe-Joseph Magnan, né à Aix (Saint-Sauveur) le 10 avril 1782, eut pour parrain son cousin H.-Philippe Magnan, qui paya de sa vie d'avoir, étant juge consulaire, soutenu contre la Convention les privilèges du commerce marseillais ; sa marraine fut sa grand'mère Anne Tamisier-Magnan.

(1) Une des sœurs de M.-Marguerite fut mariée à Pierre-André Arnoux, dont les descendants mâles habitent toujours Marseille ; une autre épousa Joseph Mortuel, échevin, dont la postérité s'est alliée aux familles Séjourné, Ferrari, d'Alayer-Costemore, de Queylar, Félix Ancey, Julliany, Michel-Colomb, Victor Régis, etc.

Très jeune il fut envoyé par son père à Strasbourg se former au commerce chez un correspondant de son père, nommé Franck ; son père le reprit ensuite chez lui, et à 20 ans Ph.-Joseph vint s'établir à Marseille, fondant une succursale de la maison de commerce d'Aix. Quatre ans après, le 12 février 1806, il se maria à Marseille avec Marie-Rose-Catherine CAILHOL, âgée de vingt ans, fille de Jean-Pierre et de Marie-Rose Galibaldy, demeurant aux allées de Meilhan, isle 1, n° 61 (1).

Rosine mourut à Marseille le 20 août 1820.

Joseph fit ensuite le commerce des bois du Nord en association avec le baron suédois Adolphe-Frédéric de Kothen (2), et il assuma les fonctions de consul général de Suède à Marseille. On a dit (3) les services qu'il rendit au commerce suédois : en récompense, il reçut du roi de Suède la cravate de l'ordre de Wasa.

Il fut enfin fabricant de produits chimiques. Il monta à Ponteaux, entre la Couronne et Port-de-Bouc, en un point désert de la côte, une très vaste usine de soude, et tout auprès, à La Veyra, une fabrique d'acides. Les deux exploitations firent un tel chiffre d'affaires, qu'on a payé jusqu'à 400,000 francs de droits·de douanes par an. Quand Joseph cessa de s'en occuper, son neveu Philippe, fils de Bernard, dirigea ces deux usines durant quelques années. A la mort de Joseph, aucun de ses enfants ou neveux ne voulant s'en charger, Ponteaux fut vendu à une entreprise concurrente, qui ferma l'usine et

---

(1) Rosine avait deux sœurs, qui devinrent Mesdames Barbarin et Rollandin. La première eut une nombreuse postérité : citons son petit-fils André Burel, zouave pontifical tué à la campagne de Rome avant 1870, et ses arrière-petits-fils André de Barbarin (fils de Joseph et de N. Maurel), sous-lieutenant de chasseurs à pied, chevalier de la Légion d'honneur, et Pierre Charié-Marsaine (gendre des mêmes) capitaine d'infanterie, tués tous deux à l'ennemi durant la grande guerre, l'un le 7 juin 1917, l'autre le 27 septembre 1914.

Madame Rollandin n'eut pas d'enfants. Son mari avait été le parrain en 1799 et le bienfaiteur d'Adolphe Thiers (cf. Caducée, II, pp. 350, 354).

(2) M. de Kothen, luthérien, mourut à Marseille laissant une fille Madame Cousinéry, fort bonne catholique.

(3) « M. Ph.-Jh. Magnan, notice biographique » imprimerie Marseillaise, 1892, œuvre non signée de Marie Fabre, petite-fille du dit.

en revendit les matériaux à charge de démolition, à N. Barbier, pour 85,000 francs. La Veyra, moins importante, échut à Augustin Magnan, l'un des fils de Joseph.

Joseph s'intéressa à la production des tourteaux de graines oléagineuses, qu'il employait en vrai novateur comme engrais dans sa terre de La Tour. Il demanda (telle est la tradition familiale) à Guende frères, qui importaient alors des soufres de Sicile, de lui ramener du même pays une partie de graines de lin ; à titre d'essai, il établit par leurs mains et pour son compte un petit moulin au chemin de Saint-Pierre, en tira de l'huile et des tourteaux, employa lui-même ceux-ci et écoula l'huile sur les marchés du Nord. C'était en 1830. Ainsi fut introduite à Marseille la fabrication de l'huile de graines, la plus importante assurément des industries marseillaises.

Il fut membre dès 1820 de la Chambre de Commerce de Marseille : il avait trente-huit ans et était dès lors compté parmi les notables commerçants de la place. Ces fonctions disposèrent son esprit à envisager en toute chose l'intérêt public. L'accroissement du commerce devait imposer plus tard l'extension des quais ; en cette matière encore, Joseph fut un précurseur. Il proposa en 1836 la construction à Arenc d'un port de cabotage. Il existait dans ce populeux faubourg de Marseille une anse assez vaste que fréquentaient les bateaux transporteurs de marchandises encombrantes : fourrages, soufres, charbons, bois, sels ; mais ce mouillage était trop ouvert sur la mer et semé de récifs dangereux. Il parut utile à Joseph Magnan de l'améliorer en fermant l'anse par deux môles, en l'entourant de quais, de places, de rues, de docks. Les terrains que lui-même possédait à proximité de l'anse en recevraient du reste une plus-value. S'associant avec les sieurs Michel et Bonnafoux, Joseph soumit à M. de La Coste, conseiller d'Etat, préfet des Bouches-du-Rhône, un plan général de travaux qui devaient donner un bassin de 21.600 mètres carrés de surface et permettre de recevoir à quai plus de cent navires caboteurs. Le coût en était estimé à 600,000 fr. ; les requérants demandaient l'autorisation de faire les travaux moyennant que leur fussent attribués gratuitement 31,000 mètres carrés de terrains de l'Etat restant en hors-ligne. Le service des Ponts et Chaussées fit sur cette demande un rapport favorable, à la date du 7 avril 1837 ; la Marine, le Génie, la Chambre de Commerce dûrent être consultés ensuite. Quelques difficultés existaient entre les Ponts et les demandeurs. Quelles autres surgirent qui interrompirent les études ? Nous ne savons. Mais on peut dire que les travaux beaucoup plus vastes qui ont été amorcés quelque vingt ans après et qui ont exigé le remblaiement de l'anse d'Arenc sont loin de fournir aux navires un mouillage aussi abrité.

Sous la raison sociale MAGNAN DE KOTHEN Joseph associa constamment son frère Bernard à ses travaux, et ils fournirent ensemble une longue et brillante carrière commerciale.

Le bon catholique et le royaliste qu'il fut ont été loués comme il convient (Notice biogr.). Ennemi des honneurs et de la vaine gloire, il sut cependant réclamer ce qui lui était dû. Ainsi il affirma à l'abbé Magnan, mort depuis curé de Saint-Jean-Baptiste (1), qu'il était cousin du conseiller de Magnan.

Il mourut à Marseille dans sa maison des Allées des Capucines, n° 69, le 15 mai 1865 ; sa succession intestate fut partagée entre ses six héritiers le 26 juin 1866 (Bellier à Marseille). Il avait eu neuf enfants :

    1. JOSEPH-Pierre-Marie MAGNAN, qui suit ;

    2. LAZARE-Bernard-Boniface MAGNAN, né le 6 juin 1810 à Marseille, mort à Marseille le 26 novembre 1813 ;

---

t1) Edmond About était à Rome écrivant des articles hostiles sur la question romaine, que publiaient au fur et à mesure les journaux français. L'ubbé Magnan, alors chapelain de St-Louis des Français, lui répondit article par article dans la *Gazette du Midi*, donnant les étrivières à E. About. Il ne signait pas ses articles. Peu après le commandant Magnan, capitaine marin, frère de l'abbé avait Alexandre Dumas à son bord. Il lui dit : « Savez-vous qui a répondu à votre ami About ? C'est mon frère. » About en fut furieux.

Cette famille originaire d'Aubagne s'est éteinte le 22 septembre 1906, avec Anaïs Magnan, sœur de l'abbé et du commandant, assassinée à l'âge de 70 ans dans sa maison du Pin-Vert à Aubagne.

3. JULES-Philippe-Marie MAGNAN, auteur d'un rameau ;

4. Mathieu-Thomas-Marie MAGNAN, auteur d'un autre rameau ;

5. AUGUSTIN-Luc-Marie MAGNAN, né vers 1818, négociant associé avec M. Néry, possesseur de La Veyra près Martigues, mourut à Marseille le 3 juin 1890. Il avait épousé en premières noces Emilie CONTE, et en deuxièmes noces, le 29 janvier 1850, Joséphine BONNASSE, fille de Joseph, banquier. De ce mariage sont venus quatre enfants :

*a*) ALFRED-Eugène-Marie MAGNAN, né à Marseille le 4 avril 1859, mort à l'âge de vingt-cinq ans ;

*b*) GUSTAVE-Jean-Marie MAGNAN, né à Marseille le 12 juillet 1865, industriel, ami de ses ouvriers, les intéressant aux bénéfices de l'entreprise, non marié ;

*c*) MARIE MAGNAN, épouse de Joseph ANCEY, assureur, fils de César, originaire de Pesmes, en Haute-Saône. César Ancey étant conseiller municipal de Marseille, en 1848, proposa au Conseil et fit adopter une motion tendant à prier le Pape Pie IX, chassé de Rome, de venir séjourner à Marseille (1).

*d*) ADÈLE MAGNAN, mariée à Marseille le 9 septembre 1879 à Alfred MAUREL, décédée le 6 janvier 1882 (2).

6. PAUL-Marie MAGNAN, né le 29 mars 1819, mort à l'âge de sept ans, enfant charmant dont son père voulut conserver le souvenir en donnant plus tard son prénom à l'un de ses petits-fils, Paul-Marie-Joseph, fils de Joseph-Pierre-Marie ;

7. ROSINE MAGNAN, mariée à Emile LONG, fut mère d'une fille unique mariée à N. Caune et décédée sans postérité ; ·

(1) De César Ancey et de ses frères venus à sa suite à Marseille descendent tous les Ancey marseillais. Joseph Ancey et Marie a eu trois enfants : I. César, publiciste à Paris, décoré de la médaille coloniale ; II. Emmanuel, secrétaire adjoint de la Chambre de Commerce, marié à Marthe Dauphin, fille d'Alexandre, avoué près la Cour d'appel d'Aix, et de N. Laugier ; III. Valentine mariée à Marseille le 22 juin 1919 au baron Octave de Gaudemar, avocat, croix de guerre.

(2) Deux enfants : Edmond Maurel, marié le 21 juillet 1906, avec Isabelle Maurin, fille d'Emile, d'où postérité, et Jeanne décédée.

8. Marie-ADÉLAÏDE MAGNAN, qui épousa Hippolyte-J.J. FABRE,
de Cauderoc (Tarn), dont la descendance est demeurée liée très
cordialement avec les Magnan et a donné à la France Bruno Fabre
(fils de Paul et de Marie Croset), tué à Saint-Eloi le 8 novembre
1914, et Léon Lanteaume (gendre des mêmes), sergent-major de
chasseurs à pied, tué le 24 septembre même année au bois de
Cheppy ;

9. MARIE-Joséphine MAGNAN, épouse de L.-G. Adrien FAUCHIER,
dont la postérité sous le nom de FAUCHIER-MAGNAN sera donnée
plus loin.

## X

JOSEPH-Pierre-Marie MAGNAN (le prénom de Pierre rappelle Jean-
Pierre Cailhol, son aïeul) naquit à Marseille le 1er octobre 1808. Très
jeune il fut envoyé par son père en Suède pour reconnaître le pays
avec lequel son père commerçait. Il y apprit la langue suédoise, et c'est
en souvenir de ce voyage qu'il donna à l'aîné de ses fils, puis à l'aîné
de ses petits-fils le prénom romantique de Godefroy, ami de Dieu.

Joseph associé à son frère Jules se livra à la fabrication des soudes ;
à cet effet ils montèrent une usine à l'île des Embiers près San-Nary.
Mais à la suite de difficultés avec le propriétaire de l'île, ils l'aban-
donnèrent.

C'était le moment où la fabrication des huiles intéressait leur père ;
Thomas-Marie (ou Marius) troisième frère, alla, on le verra, étudier
la fabrication dans les usines d'huile d'œillette du nord de la France :
au retour de Marius les trois frères créèrent la première grande huilerie à Marseille. Sur un terrain de trois ou quatre hectares que leur
père possédait à Arenc, borné au couchant par la traverse Magnan, au
levant par Frédéric Fournier, fabricant de bougies, existait un moulin
à farine actionné par l'eau dérivée du ruisseau des Aygalades ; tout à
côté se trouvait une maison de campagne appelée Gaches : le tout
fut transformé par les fils de Ph.-Joseph, des machines y furent mon-
tées, et l'on débuta en triturant 800 kilogr. de graines par jour. On

appela l'usine Marie-Antoinette du nom de l'aimable femme de
Marius, le premier marié des trois frères. C'était le beau temps pour
les affaires. En 1863 l'usine tritura 20.000 kg. de graines par jour
(Honoré Beaudin). Dans l'association Marius était le technicien, Jules
était celui qui ose, Joseph fut l'homme sage qui décide et ne s'effraie
jamais.

Joseph se maria le 12 septembre 1835 avec Marie-Zoé THOMAS,
mais il perdit sa femme le 10 mars 1837 sans en avoir eu d'enfant.

En secondes noces il épousa le 31 mai 1842 Henriette-Pauline-
LOUISE LIEUTIER, âgée de 22 ans, fille d'Hippolyte et de Pauline de
Bérenger-La-Baume. La mariée était la petite-fille de Jean-Jacques
Lieutier, négociant originaire de Nîmes, qui avant de s'établir à
Marseille en janvier 1772, avait passé 17 ans à Tunis pour y
commercer. Jean-Jacques avait épousé à Marseille, paroisse des
Accoules, le 28 juillet 1772, Marie-Thérèse Bernard, fille de Pierre-
François, négociant, et de Marie-Anne Truilhier. Par sa mère Louise
Lieutier descendait de Jean-François de Bérenger, seigneur de
Grambois et de La Baume, second consul de Marseille, en 1643.
L'aïeul maternel de Louise, Jean-Baptiste de Bérenger-La Baume,
avait été lieutenant des vaisseaux du Roi, chevalier de Saint-Louis ;
il avait habité Marseille, rue de la Darse, 2, et y était mort le 29
août 1806.

Joseph habita d'abord le n° 7 du boulevard du Nord, ensuite la
maison 69 Allées des Capucines, qu'avait habitée son père. C'est là
qu'il est mort le 31 janvier 1880. Sa seconde femme y était décédée
neuf ans auparavant. Contrairement à la tradition des vieux Magnan
des XVIᵉ, XVIIᵉ, XVIIIᵉ siècles, il se garde de disposer de ses biens par
testament : il y voyait de trop vraisemblables motifs de querelle entre
enfants. C'était un homme d'une grande générosité, d'une parfaite
dignité, droiture et modestie.

De sa seconde femme il a eu huit enfants ;

1. PAUL-Marie-Joseph-Godefroy MAGNAN, né à Marseille, le 14
avril 1843, succéda à son père à tête de la maison de commerce

Magnan frères ; il fut associé à son frère Albert et à ses cousins Léon, fils de Jules, et Eugène, fils de Thomas-Marie. Il apporta d'importants perfectionnements à l'outillage de l'usine d'Arenc. Il occupait ses loisirs à la peinture ; élève de Bronsé, il a fait un peu de peinture religieuse, beaucoup de portraits, de paysages et quelques scènes de genre. Son dernier travail est une grande toile représentant la distribution de la soupe aux pauvres sous le titre : *Panem Nostrum...* Paul étant marié ne prit pas part à la guerre de 1870, mais faisant partie de la Garde Nationale, il fit le coup de feu sur la Préfecture lors de l'insurrection communiste d'avril 1871.

Paul mourut prématurément le 7 février 1880.

Il avait épousé le 25 avril 1868, à Marseille, Marie-Thérése-Isabelle Corréard, fille d'Henry et de Marie-Françoise Colin. Henry Corréard était le petit-fils de Jean, propriétaire à Aspres-sur-Buech en Dauphiné, qui parut à Marseille dès le 2 août 1764, et l'arrière-petit-fils de Michel. On lit à la mairie d'Aspres l'acte de décès de Michel ainsi conçu : « L'an 1730 et le vingt-neuvième jour d'avril a été ensevely Michel Corréard, chef de famille de ce lieu, originaire de la Faurie, aagé d'environ 49 ans ». Marie-Françoise Colin était la petite-fille de Marc Aillaud, originaire de Montagnac, juge au Tribunal de commerce de Marseille, qui fut traduit deux fois devant le Tribunal criminel révolutionnaire, le 29 ventôse et le 19 germinal an II (19 mars et 8 avril 1794), et qui néanmoins sauva sa tête. Les descendants de Marie-Françoise Colin sont alliés aux familles Henri Jacquemet, Francis Laugier, Henry Gueyraud, Eugène de Gasquet, Marc de Gavoty, de la Roque-Fournier, de Monval-Fournier, Lajard, Fine, Strafforello.

Paul Magnan et Isabelle Corréard ont eu sept enfants :

*a*) Joseph-Henri-Marie-Félix-Godefroy Magnan, quatrième du prénom de Joseph dans cette branche, appelé parfois Magnan-Corréard, né à Marseille, le 25 octobre 1870, a prêté serment d'avocat devant la Cour d'appel d'Aix, le 18 janvier 1896, et d'avoué près la Cour, le 12 juillet 1897.

Il s'est marié le 23 octobre 1900, à la Métropole Saint-Sauveur d'Aix avec GABRIELLE-Zoé-Marie SAVOURNIN, fille de François-Justin, docteur en droit, administrateur de la Banque de France, président du Conseil d'Administration de la Caisse d'Epargne des Bouches-du-Rhône, succursale d'Aix, et de la Société Aixoise d'Electricité, et de Marie Meyer. F.-J. Savournin est le fils de Louis, docteur en médecine réputé d'Aix et de Zoé Dethez. Marie Meyer par sa mère née Amélie Guès descend de la famille aixoise Abrard qui au cours du XVIIᵉ siècle a donné un religieux Camaldule au couvent de Sainte-Victoire et un prêtre conventuel à la Commanderie d'Aix de l'Ordre de Malte.

Rappelé sous les drapeaux en 1914, pour la guerre européenne, Joseph a servi comme sergent aux garde-voies à Lunéville en 1915 ; nommé attaché d'intendance, il a servi dans les 59ᵉ, 77ᵉ et 62ᵉ divisions d'infanterie au front, faisant fonction de chef de service pendant de longs intérims ; il était sur la Noye le 31 mars, à Mareuil-en-Brie le 15 juillet, et devant Charleville le 10 novembre 1918 ; la canonnade boche était fort nourrie ces jours-là. Il a été décoré de la Croix de guerre.

Joseph a trois fils :

aa) PAUL-Justin-Gabriel MAGNAN, né à Aix, dans la maison de son aïeul, rue Matheron, 2, le 27 novembre 1902 ;

bb) ANDRÉ-François-Joseph MAGNAN, né à Aix, le 4 avril 1906 : l'acte de naissance porte la signature de Louis Rose, avoué au Tribunal civil d'Aix, oncle maternel ;

cc) RENÉ-Marie MAGNAN, né aux Pinchinats, banlieue d'Aix, le 29 août 1911.

b) FABIEN-Marie-Félix MAGNAN, né à Marseille, le 13 février 1875, décédé en 1877.

*c*) GABRIEL-Marie-Antoine-Hubert MAGNAN, né à Marseille, **le** 11 janvier 1878, a épousé à Marseille, paroisse Saint-Charles (intra-muros), le 15 mai 1909, Paule GÉRARD, fille de Gabriel, de la maison Gérard frères, importateurs de sucres et rhums de la Martinique, et de Marie Boyer. Les témoins de la mariée étaient ses oncles Jean Gérard et Jean Boyer, avocat. Les Gérard ont depuis 80 ans des comptoirs aux Mascareignes et aux Antilles suivant la tradition du haut commerce marseillais.

Gabriel appelé sous les drapeaux en 1914, a servi trente mois dans le service automobile au front : il ravitaillait Verdun en munitions en février 1916 et les mois suivants ; il a été promu maréchal des logis.

Paule, sa femme, infirmière de la Croix Rouge, a servi 4 ans dans l'hôpital Paquet.

*d*) LÉON-Aurèle-Esprit-Marie MAGNAN, né à Marseille, le 31 mai 1879, filleul d'Aurélie Corréard, fille de la Charité, supérieure **du** couvent de Saint-Vincent-de-Paul à Valenciennes, sa tante maternelle, et de Léon Magnan, président du Tribunal de commerce, son cousin. Il est entré à l'école de Saint-Cyr, le 1er novembre 1900, a été nommé sous-lieutenant d'infanterie, le 1er octobre 1902 et affecté au 3me régiment de l'arme ; breveté pilote aviateur et pilote aérostier, il a montré de belles dispositions pour les sports, et s'est révélé un meneur d'hommes. Il a été admis sur sa demande à la réserve spéciale le 25 décembre 1913, et est rentré dans la vie civile.

En août 1914 rappelé sous les drapeaux, il a été affecté au 15me escadron du Train et a fait pendant trois ans de dures randonnées de Dunkerque à Belfort. Lors de la préparation de l'attaque de Champagne, il a obtenu une citation à l'ordre de son service : « Soumis à un tir d'artillerie de gros calibre **au** cours d'un transport sur le front, a achevé sa mission sous le feu malgré des pertes sensibles, avec un calme et un sang froid, etc. » C'était le 12 septembre 1915. Il est passé capitaine en avril 1916. En mai 1917 il a été évacué pour maladie contractée au front.

Léon a épousé à Millau (Aveyron), le 16 juillet 1907, Marie-Thérèse BEAUMEVIEILLE, fille d'Auguste-Achille-Joseph et de Jeanne-Thérèse Sainte-Colombe (1).

Ils ont cinq enfants :

*aa*) JEAN-Marie-Fabien MAGNAN, né à Digne le 20 avril 1908;

*bb*) JACQUES MAGNAN, né à Marseille, le 1er juin 1911 ;

*cc*) PIERRE-Marie-Paul MAGNAN, né à Marseille, rue Montgrand, 37, le 25 janvier 1914 ;

*dd*) MIREILLE-Isabelle MAGNAN, née à Marseille, 5, rue des Convalescents, le 7 mars 1910 ;

*ee*) SUZANNE MAGNAN, née à Marseille, rue Montgrand, 37, le 30 mai 1918.

*e*) AURELIE-Joséphine-Marie-Françoise MAGNAN, née à Marseille, le 4 septembre 1869, mariée le 21 novembre 1891 à Alphonse-Aimé GRANDVAL, avocat, président de la Société Nautique, de la Société de secours aux Gens de mer, fondateur de l'hôpital Philippe Jourde et de l'Asile Courbet. Alphonse a été conseiller municipal de Marseille en 1901. Il est le petit-fils de Joseph Grandval, créateur des Raffineries de la Méditerranée et Président du Conseil Général des Bouches-du-Rhône sous le second Empire. Sa famille, qui a séjourné en Corse au temps de la Révolution et qui venait du Dauphiné, portait les noms de Cugnac de Grandval de Vaux et descend d'un seigneur de Morestel au XVIe siècle. Aurélie est décédée le 24 juin 1897 (2).

---

(1) Les sœurs de Marie-Thérèse ont épousé François Blanc, avocat à Millau, Charles de Valavieille, officier d'infanterie, et Joseph Molinié, laringologiste, docteur en médecine à Marseille.

(2) De cette union sont issus trois enfants : I. Roger Grandval, quartier maître breveté, pilote aviateur, est disparu à bord d'un hydravion au cours d'une reconnaissance en Méditerranée, le 10 octobre 1917 ; II. Paule Grandval ; III. Aurélie Grandval, mariée à Marseille, le 25 octobre 1918 à Michel Rousset, fils d'Ernest et de Claire Boyer.

*f)* VALENTINE-Berthe-Marie MAGNAN, née le 14 février 1872, à Marseille, filleule d'Henri, son oncle paternel, et de sa tante maternelle Berthe Corréard, depuis religieuse Trappistine, sous-prieure du Couvent de Maubec près Montélimar, a épousé à la paroisse Saint-Pierre-et-Saint-Paul à Marseille, le 20 juin 1897, G.-Paul-E. GOUIN, docteur en médecine, fils d'Edouard et de Virginie Grandval. Edouard Gouin, originaire de Châteaudun, ancien élève de l'Ecole Polytechnique, ingénieur des chemins de fer, a construit la voie de Marseille à Toulon, puis a été directeur de la Compagnie des Transports Maritimes à vapeur.

Paul, aide-major du cadre de réserve, était à Dieuze avec le 141° régiment d'infanterie en août 1914, puis à la tête d'un train sanitaire des armées du Nord durant toute l'année 1915. Il a été décoré de la médaille des épidémies, étant interne à l'hôpital de la Conception à Marseille durant l'épidémie de variole en 1896.

De cette union sont issus sept enfants.

*g)* Emilie-Léontine-MARIE-THÉRÈSE MAGNAN, née à Marseille, le 12 mai 1873, est entrée au Noviciat de Notre-Dame de Sion en août 1899. Elle enseigne la langue française, l'algèbre et le dessin successivement aux petites montagnardes de Trente, aux petites yougo-slaves de Trieste et aux petites arabes de Tunis.

2. HENRI-Hippolyte-Marie MAGNAN, second fils de Joseph-Pierre, né à Marseille, le 29 juin 1844, fut associé pour le commerce avec son cousin germain Paul Fabre. Il quitta l'industrie d'assez bonne heure et s'adonna à la peinture. Il a été lié avec tous les peintres marseillais de ce temps, notamment avec Monti-celli, dont il eut de nombreuses toiles. Il est mort le 5 mars 1901. Il avait épousé le 2 juillet 1878 Claire-Marie MAGNAN, fille de Charles-Marie, sa cousine.

Il en a eu deux enfants :

*a)* ABEL-Stanislas-Charles-Marie MAGNAN, né à Marseille, le 26 septembre 1880, négociant. Abel a servi au 163° régiment d'infanterie. Promu caporal-fourrier, porteur d'ordres, il a été blessé d'une balle au poumon le 18 décembre 1914, près de Nieuport sur l'Yser, ce qui lui valut une citation. Passé au 363ᵉ régiment, il a été cité à l'ordre de ce régiment pour sa belle conduite à l'attaque de la Chapelotte (Vosges), le 18 avril 1916 : « Faisant partie de la liaison au cours du combat, il a à diverses reprises fait preuve de courage en assurant sous un violent bombardement une rapide et parfaite transmission des ordres donnés. » Abel fut affecté ensuite au 1ᵉʳ génie, et il eut encore de longs jours de souffrance avant la victoire et la démobilisation.

Il s'est marié à Marseille, le 4 octobre 1910, avec Marie LAMBERT, fille d'Ambroise, qui est un homme d'œuvres. Il en a cinq enfants :

*aa)* HENRI MAGNAN, né à Marseille, le 5 novembre 1916,

*bb)* NOÉLIE MAGNAN, née à Marseille, le 26 décembre 1911,

*cc)* MARGUERITE MAGNAN, née le 26 juillet 1913,

*dd)* CÉCILE MAGNAN, née le 6 octobre 1914,

*ee)* DENISE MAGNAN, née le 30 janvier 1919.

*b)* MATHILDE MAGNAN, née le 22 mai 1879.

3. Louis-Marie-ALBERT MAGNAN, troisième fils de Joseph-Pierre, né à Marseille le 15 janvier 1851, licencié en droit, fit campagne en 1870-71 dans le corps des Volontaires de l'Ouest, sous le commandement du général de Charette. Il est à la tête de la maison MAGNAN Frères. Il fait de la peinture à titre de délassement.

Il a épousé à Marseille le 15 octobre 1878 F.-M.-Thérèse GALINIER, fille de Félix et de Joséphine Legré (1).

De cette union sont issus cinq enfants :

*a)* MAURICE-Marie-Joseph MAGNAN, né à Marseille le 20 octobre 1879, a épousé à Marseille le 9 juillet 1914 Jeanne

(1) Citons ici Ludovic Legré, herboriste, poète, ami d'Aubanel, secrétaire perpétuel de l'Académie de Marseille.

GRANIER, fille de Georges, avocat, juge suppléant au tribunal civil de Marseille et de N. Garcin ; Jeanne est la petite-fille de Désiré Granier, conseiller à la Cour d'appel d'Aix.

Maurice, appelé sous les drapeaux en décembre 1914 au 115ᵉ régiment d'infanterie territoriale, est passé dans l'artillerie, section automobile, et a servi aux armées jusqu'en février 1919.

De ce mariage il y a

MARGUERITE MAGNAN, née à Marseille le 1ᵉʳ octobre 1915.

*b)* PIERRE-Marie-Gabriel MAGNAN, né à Marseille le 9 novembre 1891, s'est trouvé sous les drapeaux quand a éclaté la guerre européenne en août 1914. Versé aussitôt sur sa demande dans un bataillon de chasseurs alpins, il était dirigé sur le front. Le 29 octobre, il attaquait à la baïonnette le bois de Forges ; en décembre il tenait la tranchée devant Ypres. Il y eut deux fois les pieds gelés et fut évacué. Il reprit bientôt sa place dans le rang. Promu sergent mitrailleur, il prenait part le 4 octobre 1916 à l'attaque du bois de Saint-Pierre-Waast (Somme), quand il eut la main gauche écrasée sur sa mitrailleuse par un éclat d'obus. Il a deux palmes et une étoile sur sa croix de guerre et, à côté, la Médaille militaire.

Il a épousé à Versailles le 28 août 1919 Madeleine PRIVÉ, fille du colonel, infirmière volontaire.

*c)* LOUISE-Thérèse-Marie-Félicie MAGNAN, née à Marseille le 20 octobre 1881, a épousé le 18 janvier 1905 Charles HEYRAUD, (fils d'Hippolyte, directeur du Crédit Lyonnais à Marseille). Charles suit de près le mouvement économique et social ; il a publié de nombreux articles de revue, des livres, des brochures : *De tout un peu, La France de Demain* (volumes couronnés par l'Académie), *L'Ami de l'Ecole, Marseille pendant et depuis la Guerre*, et un roman : *Jean.*

*d)* Marie-EMILIE-Joséphine MAGNAN, née à Marseille le 11 août 1884, est entrée le 5 février 1910 au noviciat des Filles de la

Charité à Paris. Elle sert les pauvres dans la maison de son ordre à Nimes.

*e*) ISABELLE-Marie-Angèle MAGNAN, née à Marseille le 5 septembre 1887.

4. FÉLIX-Edouard-Marie MAGNAN, né à Marseille le 28 août 1854, décédé en 1870 ;

5. LUDOVIC MAGNAN, né à Marseille le 7 juin 1856, décédé en 1868 ;

6. MARIE-Louise-Sophie MAGNAN, née à Marseille le 2 mars 1846, épousa en 1869 Léon-J.-J.-J. ROUSSET, dont le grand-père fut le créateur de la grande usine de produits chimiques de Septêmes, et dont la mère, née Homsy, était fille d'un Levantin catholique. Marie est décédée à Marseille, rue Consolat, 126, le 22 octobre 1912 (1).

7. Marie-Marthe-CLÉMENCE MAGNAN, née à Marseille le 13 novembre 1848, entra après la mort de son père au couvent de la Visitation-Sainte-Marie, premier monastère, boulevard de la Blancarde, touchant le Jarret. Elle y avait été élevée ainsi que ses sœurs et en avait aimé la discipline. Elle en fut élue supérieure, mais garda peu de temps cette charge : atteinte de maladie, elle fut, sur sa demande, déposée par ses compagnes. Elle mourut le 18 novembre 1898, ayant montré toujours beaucoup de sollicitude pour ses proches.

8. Emilie-ROSE MAGNAN, née à Marseille le 7 juin 1852, épousa en 1874 Félix BARTHÉLEMY, négociant, fils de Caïus et d'Adèle Gardair. Félix a été membre de la Chambre de commerce et pré-

(1) Léon Rousset a vu revenir sains et saufs de la grande guerre ses deux fils : Ludovic, infirmier aux armées, et Gustave, lieutenant aux tracteurs d'artillerie, croix de guerre, et ses six petits-fils : Raymond Audibert, chasseur d'Afrique ; Marcel Audibert, médecin auxiliaire, cité à l'ordre à Verdun et à Monastir ; Max Audibert, maître pointeur d'artillerie de tranchées, blessé et croix de guerre ; Hervé Audibert, mobilisé à la fin de la guerre, tous quatre fils d'Henri et de Marthe Rousset ; Edmond et Jacques Lachamp, officiers d'artillerie, tous deux croix de guerre, fils de Jean et de Rose Rousset ; enfin Robert Lachamp, élève de l'Ecole Polytechnique, croix de guerre, fils d'Henri et de Jeanne Rousset.

sident du Tribunal de commerce de Marseille. Il a été ensuite choisi plusieurs fois pour trancher des litiges entre grandes maisons de commerce, ou entre les départements ministériels et leurs fournisseurs. Il a été administrateur de la Banque de France, membre du Conseil des Directeurs de la Caisse d'Epargne des Bouches-du-Rhône, chevalier de la Légion d'honneur et du Sauveur de Grèce. Il est mort à Marseille le 10 septembre 1919. Rose était décédée le 20 septembre 1911 (1).

(1) Ils avaient eu onze enfants : leur fils Georges Barthélemy, négociant, poète, artiste, mobilisé en 1914 comme sergent territorial, versé ensuite au 149° d'infanterie, a été tué d'une balle au front le 2 février 1915 dans la tranchée près d'Aix-Noulette. Huit autres sont vivants, six sont mariés : Joseph à Cécile Gondois, Pierre à Lydie Allègre, Emile à Augusta Péter, Léon à Liliane Lynot, Louise à Louis Guiol, assureur, Marguerite à Marcel Lientier, docteur en médecine et chimiste.

# Les ROUSSET huit fois alliés aux MAGNAN

**Joseph ROUSSET, né à Thiers, s'établit à Marseille vers 1800**

**Thomas**
*ép. Cécile Julhien*

- **Joseph †**
  *ép. Ph. Delanglade †*
  (tante de L. Delanglade-Magnan)
  - Gabriel † *ép. Chr. Bellieu †*
    - Georges † *p. la Fra*
    - Raymond
    - Maurice, *grand ble*
    - Jean
    - Marie
  - Alfred, *ép. Nathalie Borel*
  - Cécile *ép. André Oddo* — d'où postérité
  - Louise *ép. Ernest Espitalier* — Une fille
- **Henri † *s. a.***
- **André † *s. a.***
- **François, *peintre* † *s. a.***
- **Victoire, *ép. Pellegrin***

**Gustave**
*ép. Rose Homsy*

- **Léon**
  *épouse en 1869*
  *Marie Magnan †*
  - Ludovic
  - Gonzague † *s. a.*
  - Joseph †
  - Gustave, *Croix de guerre*
  - Marthe *ép. H. Audibert* — d'où postérité
  - Rose *ép. J. Lachamp* — d°
  - Jeanne *ép. H. Lachamp* — d°
  - Marie, *dame de Sion*
  - Marcelle, *dame auxiliatrice*
  - Elise
- **Emile †**
- **Albert**
  *ép. Marie Roubaud*
  - Lazare *ép. Marg. Henry* — Jacques
  - Jean
  - Gustave
  - M.-Thérèse *ép. Jh. Pastour*
  - Madeleine
- **Jules**
  *ép. Ludovie Guis*
  (sœur de Marie Guis-Magnan)
  - Albert *ép. Juliette Martin* — Christiane, Jacqueline
    (sœur de Marcel Martin-Magnan)
- **Ernest**
  *ép. Claire Boyer*
  (tante de Paule Gerard-Magnan)
  - Michel *ép. Aurélie Grandval*
    (fille d'Aurélie Magnan-Grandval)
  - Emile, *mort pour la France*
  - Germaine
  - Valentine *ép. Julien Le Moine*
  - Marie-Rose
  - Denise
  - Suzanne
- **Marie *ép. Emile Jullien*** | 2 fils
- **Elise**
  *ép. Victor Guldener* | d'où postérité

**Edouard**
*ép. Elise Badetty*
(petite-fille de Baptistine Magnan-Badetty)

- **Léonce † 1919**
  *ép. Eugénie Rouard*
  - Hervé, *croix de guerre*
  - Alain
  - Yvonne
- **Lazare**
  *ép. Th. Croset †*
- **Marguerite**
- **Marie-Elisabeth †**
  visitandine
- **Fanny**

**Jules**
*ép. Fanny Ricord*

- **Edouard**
  *ép. Marie Rouvière*
  (fille de Marie Magnan-Rouvière)
  - Alphonse
  - Xavier
  - Pierre
  - Jean
  - Georges
  - Albert
  - Agnès
  - Marie-Marguerite
  - Geneviève
- **Eugène †**
- **Pauline**
- **Noélie**
- **Berthe**
- **Fortunée**
- **Blanche**

**Pauline**
**3 autres filles**

## RAMEAU DE JULES MAGNAN

———†———

### X

Jules-Philippe-Marie Magnan, second fils de Philippe-Joseph, né à Marseille le 30 décembre 1811, membre de la maison de commerce Magnan frères, a fourni une brillante carrière commerciale et contribué puissamment à la prospérité des affaires communes.

Etant venu à Aix dans son enfance, il avait connu son cousin Joseph Magnan de La Roquette, alors que celui-ci fort diminué par l'âge ne manifestait plus les belles qualités qu'il avait prodiguées jadis.

Avisant une fois un sac empli d'une vieille procédure, il y avait lu les noms de son bisaïeul Esprit second et de son trisaïeul Esprit premier. Connaissant de tradition la communauté d'origine de sa ligne avec celle des Magnan des Mées, il tenta quelques investigations sur les registres de l'état-civil d'Aix et nota le nom du second Jean Magnan de Manosque.

Il est mort à Marseille, boulevard Longchamp, 86, en octobre 1893. Son testament olographe a été déposé chez H. de Cormis, notaire.

Il avait épousé à Marseille, le 17 août 1840, Louise-Thérèse-Clotilde Audibert, fille de Joseph-Félix-Xavier, notaire, qui descendait d'anciens échevins marseillais. Clotilde comme sa grand'mère, et comme sa petite-fille Germaine Aubert-Tassy, jouait agréablement de la harpe.

De Jules et de Clotilde sont issus sept enfants :

1. Joseph-Marie MAGNAN, né le 23 septembre 1841, d'une belle intelligence et grand travailleur. Il mourut en mai 1870.

2. Jules-Marie MAGNAN, né le 2 mars 1846, mort jeune.

3. François-Marie MAGNAN, né à Marseille le 16 août 1847, négociant, servit en 1870 dans la marine, comme engagé volontaire et est demeuré très engoué du sport nautique. Il a épousé à Marseille le 14 juin 1875 Thérèse-F.-M. LATIL, fille de François, chimiste, qui avait monté au point de vue technique l'usine de Ponteaux, et qui y travailla longtemps ; élu conseiller municipal de Marseille en 1884, François Latil siégea sur les bancs de l'opposition conservatrice. D'où :

*a*) François-Marie-JOSEPH MAGNAN, né à Marseille le 19 mars 1876, assureur, administrateur de la Caisse d'Epargne des Bouches-du-Rhône. Joseph a servi quatre ans comme infirmier volontaire radiographe durant la guerre, a été décoré de l'Ordre Serbe de Saint-Sava pour soins donnés aux soldats serbes, et de la médaille de vermeil de la Croix-Rouge.

Il s'est marié à Marseille le 9 janvier 1909 avec Juliette ROUSSIN, qui durant toute la guerre s'est dévouée comme infirmière, titulaire de la croix de vermeil de la Croix-Rouge. D'où :

GENEVIÈVE MAGNAN, née à Marseille le 4 mars 1910.

4. Léon-Pierre-Marie MAGNAN, fils de Jules-Philippe, est né à Marseille le 7 juin 1852.

Licencié en droit, associé de la maison de commerce Magnan frères, à laquelle il a donné une grande extension, il a été appelé aux honneurs consulaires. Elu président du Tribunal de Commerce de Marseille en décembre 1901, il a dirigé quatre ans ce grand corps, et rentré dans le rang il en a écrit l'histoire. Il a été membre de l'Académie de Marseille.

En qualité d'arbitre il été chargé de résoudre de bien graves litiges, celui notamment des patrons acconniers avec les ouvriers des quais en 1904.

C'était le plus jovial des hommes, et facile à vivre.

Il est mort à Marseille le 6 novembre 1910.

De son mariage avec Baptistine MOTTET, dont la famille est originaire de Grasse (comme le Jacques Mottet qui en 1703 avait épousé à Aix Marguerite de Chassignolles), il a eu neuf enfants :

*a)* MARCEL-Jules-Marie MAGNAN, né à Marseille en 1878, négociant, a épousé à Marseille le 4 mars 1905 sa cousine Claire PASCAL, fille de Casimir, sous-directeur du Mont-de-Piété, et de Mathilde Magnan de la branche de Bernard.

Mobilisé en août 1914 au 115ᵉ régiment d'infanterie territoriale il occupait les tranchées en Alsace, lorsque parut l'ordre de libérer les pères de six enfants : c'était en janvier 1915 ; Marcel fut immédiatement renvoyé chez lui à ce titre. Voici les noms des enfants qu'il avait alors et de ceux qu'il a eus depuis :

*aa)* LÉON MAGNAN, né en 1907,

*bb)* XAVIER MAGNAN, né en décembre 1909,

*cc)* GUSTAVE MAGNAN, né en avril 1913,

*dd)* MATHILDE MAGNAN, née le 18 février 1906.

*ee)* GERMAINE MAGNAN, née en 1911,

*ff)* MARCELLE MAGNAN, née le 2 décembre 1914,

*gg)* GENEVIÈVE MAGNAN, née le 17 février 1916,

*hh)* ELISABETH MAGNAN, née le 29 octobre 1918.

*b)* JULES MAGNAN, né à Marseille le 12 juin 1880, négociant à Konakry, y a été mobilisé au titre de services auxiliaires. Il épousera prochainement sa cousine Marguerite BONNARD, fille de Pierre, docteur en médecine, et de Jeanne Rouvière. Marguerite est l'arrière-petite-fille de Marius Magnan.

*c)* FÉLIX MAGNAN, né à Marseille le 11 novembre 1881, est membre de la maison de commerce Magnan Frères, où il a pris la place de son père.

Mobilisé à la fin de 1914 et versé dans l'artillerie, il était maréchal des logis en 1916 et obtint en octobre de cette année d'être cité à l'ordre du 55° régiment d'artillerie légère : « Sous-officier de premier ordre, assure depuis deux mois, en l'absence de l'officier téléphoniste, le service de liaison avec une compétence et un dévoûment au-dessus de tout éloge ; plein de sollicitude pour ses hommes autant que dur avec lui-même, se réserve toujours les missions les plus périlleuses ; sait communiquer à toute son équipe son bel entrain et sa mâle crânerie ; rend d'inestimables services ». Félix a été ultérieurement promu adjudant, puis a repris sa place aux affaires. L'ordre du colonel Verguin le peint bien tel que le connaissent ses amis du temps de paix.

Félix a épousé Elisabeth SUNHARY DE VERVILLE le 23 janvier 1913. Elisabeth est fille de Joseph, avocat, et de Madeleine Fournier. La famille Fournier occupe à Marseille le premier rang par son industrie, son influence et l'élévation de ses sentiments.

*d)* FABIEN-Joseph-Marie MAGNAN, né à Marseille le 23 juillet 1894, a été mobilisé dès le premier jour de la guerre. Il a servi cinq ans dans l'artillerie de campagne, a été fait maréchal des logis et cité à l'ordre.

*e)* DENIS MAGNAN, né le 3 septembre 1896, a été mobilisé le 25 septembre 1916 ; étant deuxième canonnier servant à la 41° batterie du 55° régiment d'artillerie, il a été cité à l'ordre du régiment par le colonel Verguin en ces termes : « Jeune soldat au front depuis un mois, s'est de suite fait remarquer par son intelligence, son entrain et sa bravoure ; vient de se distinguer particulièrement comme téléphoniste, puis comme coureur d'un détachement de liaison auprès de l'infanterie en réparant les lignes et en portant des renseignements au poste du commandant de l'artillerie sous un bombardement incessant d'obus de tous calibres. »

Promu brigadier, il a été cité une deuxième fois.

Enfin, à la prise de Montdidier, le 9 août 1918, il fut grièvement blessé et dut être amputé d'une jambe. Une troisième citation rend hommage à son courage. Il porte la médaille militaire.

*f*) Raphael Magnan, né à Marseille en 1898, a été mobilisé à son tour et versé au 55ᵉ régiment d'artillerie de campagne. Il a pris part à la défense de Château-Thierry en mai 1918 et il a été fait brigadier.

*g*) Julie-Marie-Clotilde Magnan, née à Marseille le 7 septembre 1883, a épousé à Marseille le 26 juin 1906 Adolphe Amaudric du Chaffaut, assureur, mobilisé pendant la guerre aux Commis et Ouvriers d'Administration. D'où plusieurs enfants.

*h*) Jeanne-Marie Magnan, née le 12 mars 1888, a épousé à Marseille, le 24 juin 1912, Albert Pourtal, avocat-avoué près le Tribunal civil de Marseille, fils de Charles, avoué honoraire, et de M.-A. Elisabeth de Barbarin. Albert a servi durant la guerre au 4ᵉ régiment d'infanterie coloniale à l'armée d'Orient. D'où postérité.

*i*) Joséphine-Octavie-Cécile Magnan, née le 15 juillet 1890, a épousé à Marseille, le 2 juin 1013, Henri Pourtal, avocat, frère d'Albert, qui a été mobilisé comme maréchal des logis au 1ᵉʳ régiment d'artillerie à pied au front français, décoré de la Croix de guerre. Albert et Henri ont eu deux frères prêtres du diocèse de Marseille. Cécile et Henri ont une fille.

5. Lazare-Marie-Joseph Magnan, plus jeune fils de Jules-Philippe, né à Marseille le 21 janvier 1856, a été successivement associé pour l'industrie avec Louis Bossy et Sully Lamy. Il habite au boulevard Longchamp, n° 135, un petit hôtel qu'il a hérité de son oncle Alexandre Audibert, ancien élève de l'Ecole Polytechnique, directeur de la manufacture des tabacs de Marseille.

Il a épousé le 9 avril 1883, à Marseille, Marie-Claire-Pauline Courmes, et en deuxième noces, en octobre 1898, il s'est marié avec Amélie LAMY, de Mougins (Alpes-Maritimes), fille d'un officier de marine et sœur du commandant Lamy, brillant officier de l'armée coloniale qui en octobre 1898 occupa les rives du lac Tchad et remporta au bord du fleuve Chari, le 22 avril 1900, sur le sultan Rabah une victoire décisive. Lui-même y trouva la mort.

Du premier lit il est venu :

*a*) EDMOND-Marie-Léon MAGNAN, né à Marseille, le 9 août 1886, mobilisé en août 1914, au 15ᵐᵉ escadron du train avec grade de maréchal des logis, il a servi quatre ans et demi au front.

Il s'est marié à Marseille, le 5 avril 1919, avec Marie MANGIN, fille d'Anatole, docteur en médecine, chevalier de la Légion d'honneur, né à Metz, et de Marguerite Gautier.

*b*) MADELEINE-Marie-Louise MAGNAN, née le 17 décembre 1884.

*c*) Léonie-Marie-JULIETTE MAGNAN, née le 3 août 1888, a épousé à Marseille, le 22 octobre 1910, Lucien DELANGLADE, avocat-avoué. La famille de Lucien habite Marseille depuis cent ans ; elle a perdu à la guerre deux de ses membres : l'habile chirurgien Edouard Delanglade et son fils Jules, engagé volontaire, médecin auxiliaire, tués en septembre et novembre 1917. Lucien a été mobilisé à la 15ᵉ section des Commis et Ouvriers d'Administration. Ils ont plusieurs enfants.

*d*) MARIE-AMÉLIE-Louise MAGNAN, née à Marseille le 8 juillet 1891, mariée à Marseille, le 11 juillet 1914, à Joseph-Louis GAVOTY, fils de Jules et d'Amélie Philip, ingénieur de l'école d'électricité de Grenoble.

Joseph Gavoty, sous-lieutenant de réserve, a été appelé le 2 août 1914 au dépôt du 255ᵉ régiment d'infanterie à Pont-Saint-Esprit. Le 10 août il fut dirigé sur l'armée Sarrail et retraita avec elle sur les hauts de Meuse ; il passa son premier hiver dans les neiges de l'Argonne. Le 20 juin 1915 il est cité à l'ordre de sa division pour sa belle conduite au bois de la Gruerie : « Ayant reçu l'ordre de faire une contre-attaque avec des éléments de sa compagnie, s'est conduit très bravement et a repris des positions un instant débordées. » En octobre 1916, à l'est de Reims, à la suite de la prise par sa compagnie d'un point stratégique important, il est promu capitaine. Evacué pour maladie après deux ans de tranchées et passant par le dépôt, il ne voulut pas se servir de sa qualité d'ingénieur pour avoir dans le génie un poste moins périlleux. En mai 1918 nous le trouvons auprès de Villers-Cotterets au centre d'instruction divisionnaire du 156ᵉ régiment d'infanterie. C'était le temps de la grande avance allemande sur l'Ourcq qui mit Paris dans un danger extrême. Au centre d'instruction une compagnie de renfort fut formée en hâte, Joseph en reçut le commandement avec ordre de rejoindre à Vierzy le régiment. Mais l'ennemi se rapprochait, les communications devenaient difficiles. A Vierzy, Joseph ne retrouva pas son unité. Il se joignit au 7ᵉ régiment de tirailleurs qui occupait une position voisine, et à la tête de sa compagnie il assura la défense du ravin de Villers-Hélon ; c'est là que le 30 mai il obtint sa seconde citation. Ensuite avec quelques hommes qui lui restaient il eut la mission de défendre la gare de Longpont. Il la disputa aux envahisseurs avec l'énergie du désespoir, s'exposant en avant de ses hommes au feu des mitrailleuses. Le 2 juin il y fut blessé mortellement. Les allemands le transportèrent à l'ambulance de Parcy-Tigny, où il expira le lendemain. Le 25 juin 1919 il fut au titre posthume nommé chevalier de la Légion d'honneur par le commandant des armées de l'Est : c'est une troisième citation, une palme à sa croix de guerre.

Du second lit :

*e*) Louis-Sosthène-Marie MAGNAN, né à Marseille, le 4 octobre 1894, mobilisé dès le début des hostilités, a été versé au 6ᵉ régiment d'infanterie coloniale, nommé sergent, blessé au Four-de-Paris, et cité : « Sous-officier calme et d'un beau courage, n'a pas hésité à entraîner sa demie section à une attaque ; blessé, ne s'est retiré que sur l'ordre de son chef de section. » Ainsi s'exprime l'ordre de la deuxième brigade du 12 septembre 1915. Louis passa sur sa demande dans l'aviation et fut envoyé à Salonique en automne 1916. Le général Sarrail, en son ordre d'armée de juillet 1917, le dit « pilote habile et brave », parle de ses « beaux états de service en Orient comme pilote de chasse », lui trouve « beaucoup de cran ». Il a été grièvement blessé au cours d'un accident d'aviation en mai 1917, à Salonique : une fracture du crâne a entraîné la perte de connaissance pendant vingt jours ; mais il « ne songe plus depuis son rétablissement qu'à reprendre au plus tôt sa place de combat. »

*f)* AMÉDÉE-Henri MAGNAN, né à Marseille, le 23 juillet 1900, filleul du commandant Lamy, s'est engagé en septembre 1918.

6. MARIE-Joséphine MAGNAN, née à Marseille, le 2 février 1843, a épousé Blaise-Jules-Hubert GARDAIR, fils de Félix, suivant contrat du 25 avril 1863 (Siffrein Blanc à Marseille), tous deux décédés (1).

7. Marie-BLANCHE MAGNAN, née à Marseille, le 3 mai 1844, a épousé J.-B.-Edouard GARDAIR, frère de Jules, suivant contrat (S. Blanc) du 15 octobre 1864. Edouard est décédé (2).

8. MARGUERITE-Marie MAGNAN, née à Marseille, le 23 mai 1849, épousa Paul-J.-A.-B. TASSY, duquel mariage le notaire Beillier passa les articles le 14 mai 1870. Marguerite est décédée (3).

———————

(1) De leurs quatre enfants il ne reste que Thérèse Gardair, mariée en 1897 à Auguste Pascalet, d'où postérité.

(2) De cette union il est venu sept enfants : demeurent *a*. Léonce Gardair, avocat, marié en 1897 à Blanche Latour, d'où plusieurs enfants ; *b*. Bruno ; *c*. Marguerite ; *d*. Blanche, mariée le 28 janvier 1902, à Maurice Barthès, ingénieur, d'où plusieurs enfants.

(3) Elle avait eu cinq enfants : *a*. Jules Tassy (1872-1903), marié le 17 juin 1902, à Marguerite Blanc, fille de Gabriel, d'où Suzanne ; *b*. Germaine Tassy, mariée en 1895 à Raphaël Aubert, d'où trois enfants ; *c*. Agnès Tassy, mariée le 20 avril 1907 à Jean Pianello, avocat, qui dessine aussi spirituellement qu'il parle ; *d, e*. morts enfants.

# Les GAVOTY six fois alliés aux MAGNAN

**N. GAVOTY, à Brignoles**

N. *ép. Philémon Jaubert* — d'où postérité

**Philémon**
*ép. N.*

— **Philémon**
*ép.*
*N. de Barbarin*

— **Charles**
*ép. Delphine Jacques*

- Alfred
  *ép. Genev. de Corbiac* — Charles / Marie / 4 autres enfants
- Robert †
- Yvan
- Yvonne, *ép. baron de Fonscolombe* — d'où posté[rité]
- Alice, *ép. Joseph Ollé-Laprune* † p. la France
- Madeleine

— **Ernest**
*Jésuite*

— **Elise**
*ép. Maille.* — d'où postérité

- **Alban**
  *ép. Math. Bonnasse*
  (nièce de Joséphine et Henriette Bonnasse-Magnan)
  - Maurice *ép. Alice Boude* — Gérard / Simone / Nicole
  - Lucien † p. la France
- **Alfred** †
  - Valentine *ép. Pierre de Queylar*
    [arrière-neveu de Marguerite Bernard-Magnan]

— **Henri**
*ép. Amélie Reynaud*

- Fernand †
- Pierre †
- Léon *ép. Adeline Maurel*
- Marguerite *ép. Paul Magnan* — d'où posté[rité]
- Germaine *ép. Fernand Brunet* — d'où posté[rité]

— **Alphonse**
*ép.*
*Berthile Foucard*

- **Jules**
  *ép. Amélie Philip*
  - Joseph † p. la France *ép. M.-A. Magnan*
  - Hubert
  - Marie †
  - Marthe
  - Madeleine
- Albert †
- Marie †
- Louise *ép. Georges Magnan.* — d'où postérité
- Elise *ép. Eug. Gautier*
- Berthe *ép. André Pellicot*
- Léonie
- Thérèse *ép. Albert Bourelly*

— **Eugène**
*ép. N.*

- Georges — enfants
- Jean †
- Raymond, député du Var — enfants
- Marthe *ép. N. de Cauvigny*
- 3 autres filles

— **Prosper**
*ép. N. Imbert*

- André de Gavoty — 2 fils
- Marc de Gavoty — enfants
- Laurent de Gavoty †
- Claire, *ép. Lajard* — d'où postérité

**Philippe**
*ép. Ant^te Roux*
(cousine d'Isabelle Corréard-Magnan)

— **Charlotte**
*ép. A. Clot-Bey* — d'où postérité

— **Mathilde**
*ép.*
*N. Strafforello* — d'où postérité

# RAMEAU DE MARIUS MAGNAN

## X

Mathieu-Thomas-Marie MAGNAN, fils de Philippe-Joseph, né à Marseille, le 27 janvier 1813, fut membre de la maison Magnan frères. Lors des débuts de l'huilerie à Marseille, Marius Magnan partit pour le département du Nord étudier sur place la fabrication des huiles d'œillette, ancienne dans cette région : il fut éconduit par les fabricants, qui redoutaient toute concurrence. Il n'hésita pas alors à revêtir la blouse des ouvriers et à se faire embaucher pour les travaux de force que comporte cette industrie. Il fournit pendant quelque temps une belle somme de travail manuel, se rendit compte des procédés et des machines, après quoi il s'éclipsa et vint mettre à la disposition de ses frères les connaissances techniques qu'il avait acquises.

Marius fut l'ami du père Marie-Alphonse Ratisbonne, juif converti et fondateur de la congrégation de N.-D. de Sion. Il s'intéressa constamment aux missions de Terre-Sainte.

Il hérita de son père le domaine familial de la Tour-Sainte-Anne.

Il épousa à Marseille, le 1er juin 1839 Marie-Antoinette AUDIFFRET, femme lettrée qui collabora à la *Gazette du Midi*, fille de Louis-Dominique-Laurent Audiffret, avocat, poète à ses heures, président de l'Académie de Marseille, issu d'une famille dracénoise qui se rattache par ses origines à la maison d'Audiffret-Pasquier.

Marius mourut à Marseille, le 26 novembre 1880.

Cinq enfants naquirent de son mariage :

1. Joseph-Marie-GEORGES MAGNAN, né à Marseille, le 4 septembre 1845, a épousé Louise-Charlotte GAVOTY, dont la famille originaire de Brignoles, a occupé à Marseille la Présidence du Tribunal de commerce ; il fut associé pour le commerce avec son beau-frère Henri Gavoty.

Georges fut propriétaire du château de la Tour Sainte-Anne.

Il est mort à Marseille, le 13 février 1913, dans sa maison de la rue de la Rotonde, n° 6.

Six enfants :

*a*) Un fils mort en naissant.

*b*) Marie-Alphonse-RAYMOND MAGNAN, né à Marseille, le 8 janvier 1879, négociant sous la raison Magnan, Gavoty et Chabert; sans alliance.

*c*) Marie-PAUL MAGNAN, né à Marseille, le 15 avril 1880, négociant sous la même raison sociale.

Paul appartenant aux services auxiliaires, s'est engagé en juillet 1915 au train des équipages, a fait dans cette arme, en 1916, la campagne de Verdun; a été promu maréchal des logis.

Il a épousé à Marseille, le 24 avril 1906 sa cousine Marguerite GAVOTY, fille d'Henri et de Célestine Raynaud. D'où :

*aa*) ROBERT MAGNAN, né à Marseille, le 3 octobre 1908;

*bb*) EDMOND MAGNAN, né à Marseille, le 18 novembre 1909 ;

*cc*) JEAN MAGNAN, né à Marseille, le 10 février 1911 ;

*dd*) MADELEINE MAGNAN, née le 9 août 1907 ;

*ee*) YVONNE MAGNAN, née le 30 avril 1917.

*d*) Marie-Georges-HENRI MAGNAN, né à Marseille, le 17 janvier 1883, a épousé à Marseille à la paroisse de la Capelette, le 21 janvier 1914, Hélène DJOURNAU.

Henri, maréchal des logis de réserve, rappelé le 3 août 1914 au 15° escadron du train à Orange, partit bientôt pour le front français et y fit toute la guerre. En 1917, il était à Ham, chef du service automobile, à défaut d'officier, de la 25° division d'infanterie. Il a été décoré de la Croix de guerre.

*e)* GEORGES MAGNAN, né à Marseille, le 22 octobre 1888, a fait en 1909 et 1910, étant jeune soldat, 18 mois de campagne au Maroc, en a rapporté la médaille du Maroc. Durant la grande guerre il a servi cinq ans au front français dans un escadron du train avec grade de brigadier.

Il s'est marié à Marseille, le 6 août 1919, avec Annie LYNNOT, d'origine anglaise.

*f)* Juliette-MARIE MAGNAN, née à Marseille, le 22 octobre 1888, jumelle de Georges.

2. JOSEPH MAGNAN, né à Marseille en juin 1848 durant les émeutes qui ensanglantèrent la ville, mort presque aussitôt pourvu du baptême.

3. EUGÈNE-Marie MAGNAN, né à Marseille, le 15 avril 1852, s'est engagé en 1870 au corps des Zouaves Pontificaux et s'est trouvé aux combats de Brou, de Patay et du Mans. Son bataillon, le 1er, fut mis à l'ordre du jour de l'armée pour son héroïque résistance devant un ennemi dix fois plus nombreux. Il a été conseiller municipal de Marseille en 1883 sous la première municipalité Allard, il siégea à droite, et remplit vaillamment ses fonctions lors de l'épidémie de choléra qui sévit à Marseille l'année suivante.

Il a épousé à Marseille, le 28 août 1875, Marie-Louise-Antoinette GUIS, fille d'Antoine et de Louise Jauffret, sœur de Léonce, Henry et Fernand Guis et de Ludovie Rousset-Guis. De cette union sont venus sept enfants :

*a)* ALFRED MAGNAN, né à Marseille, le 27 janvier 1877, officier d'administration des subsistances du cadre de réserve, il a été mobilisé le 2 août 1914 et affecté à une division d'infanterie au front. Il a servi deux ans aux armées ; passé ensuite attaché, puis adjoint d'intendance, il a été au ministère du Ravitaillement à Paris.

Il a épousé à Lyon le 21 août 1918, Claire CALVET, née à Paris, le 22 janvier 1893, descendante des Calvet d'Avignon, arrière-petite-fille du fondateur du musée Calvet.

D'où ODETTE MAGNAN née à Marseille, le 21 août 1919.

*b*) FERNAND MAGNAN, né à Marseille le 23 octobre 1883, mort enfant.

*c*) PIERRE MAGNAN, né à Marseille le 9 juillet 1885, mort enfant.

*d*) BERTHE MAGNAN, morte enfant.

*e*) Louise-MARIE-ANTOINETTE MAGNAN, née à Marseille le 31 janvier 1881, a épousé, le 5 mars 1907, Joseph RAMBAUD, fils d'Alfred, assureur, et d'Adèle GRANDVAL. Joseph, capitaine d'infanterie démissionnaire, passé à la mobilisation au 115ᵉ régiment territorial de l'arme, a été deux ans au front.

Pas d'enfants. Ils demeurent à Paris, 3, rue Godot de Mauroy.

*f*) Autre BERTHE MAGNAN, née à Marseille, le 13 février 1882, mariée à Marseille, le 28 juin 1906, à Marcel MARTIN, fils d'Emile et de Claire DE QUEYLAR. D'où postérité.

*g*) JULIETTE MAGNAN.

4. Marie-Joséphine-FÉLICITÉ MAGNAN, née à Marseille, le 5 avril 1840, s'est mariée le 20 août 1862, à Louis-M.-J.-Henri DE CORMIS (1) (1838-1911), licencié en droit, notaire, puis notaire honoraire, chevalier du Saint-Sépulcre, dont la famille originaire de Vence se rattache à Raphaël de Cormis, seigneur de Courmes et Romoules demeurant à Vence en 1511 (2).

---

(1) Un jugement du Tribunal civil de Marseille du 14 février 1911 a fixé l'orthographe de ce nom à la forme de Cormis au lieu de celle Decormis qui avait été passagèrement employée.

(2) Henri et Félicité ont eu neuf enfants ; citons : I. Georges de Cormis (1872-1918), licencié en droit, marié à Aix, le 21 avril 1900 à Denise Soubrat, fille de Charles, conseiller à la Cour

5. Marie-Elisabeth-LAURENCE MAGNAN, née à Marseille, le 27 décembre 1842, reçue professe de Notre-Dame de Sion à son lit de mort, décéda à Marseille le 30 avril 1864.

6. Rose-MARIE-Lazarine MAGNAN, née à Marseille, le 23 janvier 1844, fut mariée en 1867 à Balthazar ROUVIÈRE, avocat, tous deux décédés (1).

d'Aix en retraite, d'où six enfants ; II. Claire de Cormis, mariée à Marseille, le 8 mai 1893 à André Giroud, a épousé le 15 avril 1916 le comte Henry de Gérin-Ricard, de l'Académie de Marseille, correspondant du Ministère de l'Instruction Publique, chevalier du Saint-Sépulcre (1904), auteur de nombreux travaux archéologiques et historiques sur la Provence ; d'où du premier lit Marguerite-Marie Giroud, mariée le 12 juin 1919 au comte Gaston de Belzunce, ingénieur-chimiste, capitaine d'infanterie de réserve, ayant servi dans les chars d'assaut, décoré de la Croix de guerre à plusieurs palmes ; du second lit, Lazare et Jean de Gérin-Ricard ; III. Louise de Cormis, née à Marseille, le 18 juillet 1875, non mariée.

(1) De cette union il est venu neuf enfants, citons : I. Lazare, marié à Rose de Pélissot ; leur fille aînée Elisabeth a épousé, le 29 août 1919, Hilaire Houchart ; II. Henri, marié à Saint-Etienne avec N. Fustier, d'où plusieurs enfants ; III. Balthazar, avocat, a été durant la guerre cité trois fois à l'ordre du 363° régiment d'infanterie ; fait prisonnier au Chemin des Dames en mai 1918, emmené à Maubeuge, il s'est évadé et a rejoint les lignes françaises ; il s'est marié en octobre 1919 avec Marinette de Laleu ; IV. Jeanne (1869-1913) épouse de Pierre Bonnard, docteur en médecine, mère de trois enfants : sa fille Marguerite Bonnard est fiancée à Jules Magnan, fils de Léon, son cousin issu de germain ; V. Marie, mariée à Edouard Rousset-Rouvière, avoué, puis notaire à Marseille, son cousin, d'où neuf enfants, VI. et VII. Thérèse et Elisabeth, religieuses de N.-D. de Sion.

## RAMEAU FAUCHIER-MAGNAN

---

## X

MARIE-Joséphine MAGNAN, fille de Philippe-Joseph, née à Marseille le 23 février 1818, ayant été mariée à L.-G.-Adrien FAUCHIER, de Toulon, a eu une postérité qui porte le nom de FAUCHIER-MAGNAN, ce qui la rattache plus étroitement que les autres postérités féminines au tronc des Magnan.

Marie et Adrien eurent deux enfants :

1. LOUIS FAUCHIER-MAGNAN, qui suit :

2. Marie-ANGÈLE FAUCHIER-MAGNAN, née à Toulon le 8 mai 1840, fut mariée au comte de COMBAUD-ROQUEBRUNE. Elle a possédé la Martinette, démembrement du domaine de la Tour-Sainte-Anne ; elle a habité Paris et Lorgues (Var), et est décédée à Toulon, 18, place de la Liberté, le 31 octobre 1919. Ses petits-fils le comte Michel de Castéras-Villemartin (fils de Pons et de Marie-Thérèse de Combaud, décédés), capitaine au 203ᵉ régiment d'infanterie, croix de guerre, et le comte Jean de La Serraz (fils de N. et de Madeleine de Combaud) ont vaillamment pris part à la guerre.

## XI

LOUIS FAUCHIER-MAGNAN, né à Toulon, le 9 mai 1843, membre de la Société Hippique et de l'Union Artistique, a épousé à Paris, le 29 octobre 1872, Henriette GALLET. Il demeurait à Paris, 34, avenue de Messine, et en été au château de Tracy-sur-Mer, par Arromanche

(Calvados). A Tracy il s'occupait utilement des intérêts du village, était populaire parmi les paysans, refusait les honneurs. Homme plein de foi, il a inspiré à ses fils le courage qui les a poussés aux armées. Il est mort à Paris, le 13 mars 1916.

De son union sont venus :

1. ADRIEN FAUCHIER-MAGNAN, né à Paris, le 19 novembre 1873, attaché aux Beaux-Arts, conservateur du Musée du Petit-Palais, n'a pas été autorisé à s'engager en août 1914. Il a contribué à sauver les richesses artistiques de Paris, Verdun, Reims, Arras.

Adrien a épousé le 27 octobre 1904, à Paris, Valentine DELA-VIGNE, fille d'Arthur, petite nièce et héritière de Casimir Delavigne, le brillant auteur des « Messéniennes ». Valentine s'est dépensée durant toute la guerre au service des blessés, soit comme infirmière de la Croix Rouge, soit en établissant des ateliers pour la rééducation des mutilés.

2. EMMANUEL FAUCHIER-MAGNAN, né à Paris, le 11 juin 1878, exempté d'avant-guerre, s'est engagé volontairement, dès le début des hostilités dans le ravitaillement automobile ; il servi un an en cette qualité en Alsace et en Champagne ; ensuite au front d'Orient dans les auto-mitrailleuses il a pris part à de rudes combats qui lui ont valu le grade d'officier. Il est passé ensuite dans la liaison de l'aviation anglaise et a été évacué d'Orient pour maladie.

Emmanuel s'est marié le 27 octobre 1904 avec Marcelle DELA-VIGNE, sœur de Valentine. D'où ;

*a*) JEAN FAUCHIER-DELAVIGNE, né en 1905.

*b*) COLETTE FAUCHIER-DELAVIGNE, née en 1906.

3. JACQUES FAUCHIER-MAGNAN, né le 10 mai 1885 à Paris, exempté d'avant-guerre pour blessure au bras, a servi comme radiographe volontaire au service sanitaire de la 23e division durant toute la guerre. Il a subi à Dunkerque, Verdun et Arras des feux d'artil-

lerie prolongés. D'octobre 1916 en avril 1917 il a été détaché en mission auprès de la reine de Roumanie et a su accomplir sa tâche malgré les graves difficultés qu'a suscitées la révolution russe, puis il a regagné sa division.

Jacques a épousé, le 4 juin 1908, Amélie Béjot, fille d'Henri, agent de change à Paris. De cette union il y a :

*a)* André Fauchier-Magnan, né à Paris, le 8 avril 1909.

*b)* Henri Fauchier-Magnan, né à Paris le 24 octobre 1910.

*c)* Louis Fauchier-Magnan, né à Bordeaux le 30 avril 1918.

*d)* Martine Fauchier-Magnan, née à Paris le 13 avril 1915.

4. Angèle-Suzanne-Marcelle Fauchier-Magnan, née à Paris en 1883, est fiancée au baron Louis de Bourgoing, dont la famille notable déjà sous Philippe le Bel, a produit quatre ambassadeurs et, quantité d'officiers généraux.

Suzanne a servi pendant toute la guerre comme infirmière de la Croix-Rouge dans les formations sanitaires.

## BRANCHE DE BERNARD MAGNAN

—+—

## IX

Lazare-BERNARD-Marguerite MAGNAN, fils de J.-Joseph-Toussaint, né à Aix le 20 décembre 1784, baptisé à Saint-Sauveur sous le parrainage de Jean-Lazare Bernard, son oncle, était un jeune homme fort intelligent, plein de vivacité, tout en dehors, que son père imagina bien doué pour le commerce. Il contrastait avec son frère Ph.-Joseph, très froid et peu communicatif. Tout jeune il fut envoyé par son père en Hollande se former au commerce. De ce stage et de ce pays il garda un si agréable souvenir qu'il avait coutume de dire en parlant d'une hospitalité cordiale : « On m'a reçu à la hollandaise ». Quand il rentra de ce voyage, Jean-Joseph garda constamment Bernard auprès de lui.

Il vint épouser à Marseille, le 7 mars 1816, Marie ARNOUX, sa cousine germaine, fille de Pierre-André et de Marguerite-Claire BERNARD. Marie mourut en 1854. Quelques années après son mariage il s'établit à Marseille, fut associé à Ph.-Joseph sous la raison sociale *Magnan de Kothen* et participa, mais de loin, à toutes ses entreprises.

Il habita à Marseille la maison de son beau-père, boulevard Longchamp, 77. Jovial de son naturel et aimant les belles relations, il menait grand train, donnait des fêtes ; il était généreux.

En 1870 Bernard prit son parti du changement de régime : « La république, disait-il, a été le premier gouvernement établi par Dieu sur la terre ».

Il mourut au printemps de 1873.

Il avait eu huit enfants :

1. Georges-PHILIPPE MAGNAN, né à Marseille le 21 septembre
1819, prit la direction de l'usine de soude de Ponteaux après son
oncle Ph.-Joseph. Mais l'usine s'étant vendue en 1864 ou 1865,
G.-Philippe alla demeurer à Nice. Il s'était marié à Marseille, le 6
janvier 1846, avec Louise GIRAULT, fille unique de Louis-Charles-
Adrien, contrôleur des Douanes, originaire de Vence. Philippe et
sa femme possédèrent des terres et d'autres biens immeubles à
Vence et à Nice. Il mourut à Nice, 1, rue Longchamp, en mai 1901 ;
sa femme était morte avant lui.

Ils avaient eu sept enfants :

a) ALBERT MAGNAN, mort en bas âge ;

b) CHARLES-Marie-Adrien MAGNAN, né à Marseille le 5 février
1852, servit longtemps aux Tirailleurs algériens. Il épousa à
Vence Hortense BREMOND, et mourut à Vence vers 1892. De cette
union sont venus quatre enfants :

aa) PHILIPPE MAGNAN, mort en bas âge.

bb) LOUIS MAGNAN, né vers 1882, mobilisé en août 1914 au
363$^{me}$ régiment d'infanterie, s'est battu superbement pendant
deux années, a été cité trois fois à l'ordre, et voici, hélas, sa
dernière citation : « Soldat d'un courage éprouvé, a été tué au
cours d'un violent bombardement pendant le combat de la
Somme (en 1916) après avoir pris pied dans l'objectif assigné
à sa compagnie. » (Colonel Dauphin, 9 février 1917).

cc) PAUL MAGNAN, né vers 1884, affecté aux services auxiliaires durant la guerre, étant atteint de boiterie à la suite d'une
chûte antérieure ; non marié.

dd) LOUISE MAGNAN, née vers 1885, morte à Nice en 1900.

c) EUGÈNE-Adrien MAGNAN, né à Marseille le 23 juin 1858,
licencié ès lettres et polyglotte, habite Le Bar-sur-Loup. Il a

épousé à Nice miss Emma Coppon, de la colonie britannique de cette ville. D'où :

*aa*) Paul Magnan, né à Nice, mort à sept ans.

*d*) Marie-Amélie Magnan, née à Marseille le 2 janvier 1850, mariée à Paris en 1884 avec don José Diaz-Baya, sujet argentin, a habité quelques années Buenos-Ayres. Veuve aujourd'hui, elle habite Le Bar-sur-Loup (1).

*e*) Marie-Léonie Magnan, née à Marseille le 11 avril 1854, a épousé César Just, avoué à Draguignan, nommé ensuite juge au tribunal civil de Castellane. Devenue veuve, elle habite Nice avec sa fille (2).

*f*) Marie-Thérèse Magnan, née à Marseille le 2 juillet 1856, mariée à Hippolyte Martin, officier d'infanterie, morte à Vence en novembre 1877 en donnant le jour à un fils (3).

*g*) Berthe Magnan, née à Vence le 1er avril 1865, épousa en 1883 son beau-frère Hippolyte Martin, qui devint lieutenant-colonel et prit sa retraite à Nice, collaborant au *Petit Niçois*. Berthe est morte à Saint-Martin-de-Vésubie le 31 juillet 1915.

2. Henri-Marie Magnan, né à Marseille le 18 janvier 1821, mort à la naissance ;

3. Marie-André Magnan, né à Marseille le 24 janvier 1822, épousa à Marseille le 11 août 1847 Marie-Henriette Bonnasse, fille de Joseph, banquier, brignolais d'origine, sœur d'Eugène et d'Eugènie Bonnasse, de Mesdames Augustin Magnan, citée plus haut, et Antoine Vassal.

(1) D'où une fille mariée en premières noces au capitaine Thaon, qui fut tué en septembre 1914, à Montfaucon, en couvrant la retraite de son régiment, et en deuxièmes noces, à Nice en avril 1917, au lieutenant de vaisseau de Roucy, qui est mort à Paris, le 22 mai 1919. Du premier lit il y a trois fils : Maurice, Charles et Fernand Thaon, ce dernier filleul du commandant Pelegrin, gendre du maréchal Joffre ; et du second lit un fils.

(2) Jeanne Just, laquelle a épousé en premières noces Ernest Riouffe, d'Antibes, et en deuxièmes noces, Edouard Cotton, de Lyon. Du premier lit est venue Emmanuelle Riouffe, et du second, Jean Cotton.

(3) Maurice Martin, décédé à Saïgon, le 4 mai 1912, laissant une veuve et une fille.

De ce mariage sont issus cinq enfants :

*a*) EDOUARD-Marie-Lazare MAGNAN, né à Marseille le 9 juin 1848, fils préféré de sa mère, surnommé à la Bourse « le beau Magnan ». Il décéda à Marseille le 7 décembre 1907. Il s'était marié à Marseille le 7 décembre 1904 avec Marie-Eulalie-Joséphine FERRIER, dont il n'eut pas de postérité et qu'il fit sa légataire universelle. Elle-même mourut à Marseille le 10 août 1911.

*b*) EUGÈNE-Marie MAGNAN, né à Marseille le 17 octobre 1854, était ardent, ambitieux ; à peine âgé de 17 ans, il partit pour Paris, s'y trouva en avril 1871 au moment de l'insurrection et y fut blessé mortellement.

*c*) MARIE-Joséphine-Emma MAGNAN, née à Marseille le 3 août 1853, morte enfant ;

*d*) THÉRÈSE-Eugénie-Marie MAGNAN, née à Marseille le 17 mars 1856, a épousé Henry GOURDEZ, avocat général à la Cour d'appel d'Aix, révoqué en 1878 lors de l'épuration de la magistrature, ensuite professeur à la Faculté libre de droit de Marseille. Thérèse a épousé en secondes noces à Londres en 1894 N. WESTETER, polonais sujet russe, chevalier de la Légion d'honneur. Elle est décédée à Nice en février 1898.

*e*) Marie-Marguerite-GABRIELLE MAGNAN, née à Marseille le 4 juillet 1857, a épousé Pierre Guillibert, d'Apt, cousin germain de Mgr Félix Guillibert, évêque de Fréjus. Ils demeurent à Aix (1).

4. LOUIS-Marie MAGNAN, qui suit ;

5. CHARLES-Marie MAGNAN, né à Marseille le 13 janvier 1829, travailla quelques années à l'usine de Ponteaux, se maria à Marseille le 22 avril 1851 avec Marie-Thérèse GRANIER, laquelle était née à Naples le 25 mars 1833 de Jean-Marie et de Henriette Tar-

---

(1) Leur fils unique Camille Guillibert a épousé à Cannes, le 1er octobre 1913, Léontine Bérenger : il habite Alger avec sa femme et leur fils Ernest.

dieu. Charles habita chez son beau-père, boulevard Longchamp, 12 ; sa femme y mourut le 25 mai 1879. Lui-même mourut en 1887, rue Saint-Savournin, 86.

De cette union il vint cinq enfants :

*a*) EMILE-Marie MAGNAN, né à Marseille le 31 mars 1857, marié à Marseille avec Ernestine BERNARD, originaire de Pertuis. Il s'est installé au pays de sa femme et y habite villa Saint-Roch. Il a deux filles :

*aa*) EMILIENNE MAGNAN, née à Marseille en décembre 1890.

*bb*) YVONNE MAGNAN, née à Marseille, en avril 1894, a épousé à Pertuis, le 29 avril 1919, Henri BOQUIS, fils d'Eugène, de la Tour-d'Aigues.

*b*) MARIE-Marguerite-Henriette MAGNAN, née à Marseille, le 24 janvier 1853, épousa en avril 1878, Félix ESPANET, avocat ; mourut en octobre 1879 (1).

*c*) CLAIRE-Marie MAGNAN, née à Marseille, le 24 mars 1854, mariée le 2 juillet 1878 à Henri-Hippolyte-Marie MAGNAN, son cousin issu de germain, dont la postérité a été donnée plus haut.

*d*) MATHILDE-Marie MAGNAN, née à Marseille en 1855, mariée en juin 1877 à Casimir PASCAL, sous-directeur du Mont-de-Piété de Marseille ; morte en mai 1887 (2).

*e*) ASPASIE-Marie-Joséphine MAGNAN, née à Marseille en 1864, s'est unie à Ernest DURANTE, le 26 août 1891. Son mari est mort à Marseille, rue Saint-Savournin, 86, le 19 octobre 1910 (3).

6. MARIE-Louise-Joséphine MAGNAN, née à Aix, rue du Mouton, 16, le 18 décembre 1816, morte à l'âge de 3 ans.

---

(1) Un fils Jules Espanet, marié à Paris.
(2) Un fils Charles mort, et une fille Claire mariée à Marcel Magnan, fils de Léon.
(3) Un fils Edouard Durante.

7. Marie-Louise-Eugénie Magnan, née à Marseille, le 25 novembre 1824, morte en 1825.

8. Marie-Emilie Magnan, née à Marseille, le 23 février 1834, qui mourut toute jeune.

## X

Louis-Marie Magnan, fils de Bernard, né à Marseille, le 27 juillet 1826, fut nommé par ordonnance royale à une charge de courtier assermenté à la Bourse de Marseille. Il épousa Elisabeth-Thérèse Nicolas, en eut deux fils et mourut en 1857. Sa veuve se remaria avec Louis Bertaud, originaire de Paris, et alla s'établir au Hâvre vers 1866.

Du mariage de Louis et d'Elisa il vint :

1. Pierre-Marie-Henry Magnan, né à Roquevaire (Bouches-du-Rhône), le 29 août 1853, assureur au Hâvre, que sa santé rappela ces dernières années dans le midi. Il jouissait au Hâvre d'une grand considération et d'une situation enviée. Il est mort à Nice en mars 1916.

Il avait épousé Anne-Valentine-Charlotte Treichler, dont il eut trois filles :

*a*) Germaine-Emma-Valentine Magnan, née le 5 janvier 1881, morte le 16 juillet de la même année.

*b*) Suzanne-Stéphanie Magnan, née au Hâvre, le 23 avril 1882, mariée à René Guerrand, le 12 juin 1904.

René a été mobilisé le 2 août 1914 comme adjudant au 7ᵉ régiment de chasseurs : détaché ensuite comme agent de liaison monté auprès d'un chef de bataillon du 24ᵉ régiment d'infanterie territoriale, il a tenu les tranchées de juin à août 1915 à Suzanne (Somme) ; d'août à fin octobre en Champagne entre Perthes et Souhain, pris part à l'attaque de septembre 1915 avec son régiment, puis au déblaiement du champ de bataille, au creusement de nouvelles lignes de défense, au ravitaillement de la première ligne. Après une période de repos près de Lure et au camp d'Arches, René avec son régiment est monté à Verdun : c'était à la fin de février 1916, au plus fort de la pression allemande en ce point. Il a cantonné successivement à Dieue, au fort du Roselier, au camp de la Béole, au Faubourg-Pavé ; puis il a tenu les tranchées devant le fort et le tunnel de Tavannes, et entre les Eparges et Haudiomont. En fin janvier 1917 il fut envoyé de nouveau dans la Somme devant Andechy, mais il était au bout de ses forces : au mois d'avril il dut être évacué pour pleutite contractée aux lignes (1).

*c*) YVONNE-Eudora-Alice MAGNAN, née au Hâvre le 6 mai 1886, s'est mariée le 2 octobre 1906 à Jacques PAILLETTE, brasseur. Jacques, maréchal-des-logis au 1er régiment d'artillerie, mobilisé en 1914, a été envoyé le 15 mai 1916 à Calais, à la commission d'expériences. Il y est demeuré sous le bombardement jusqu'en 1918 (2).

2. François-Marie-ALBERT MAGNAN, qui suit.

## XI

François-Marie-ALBERT MAGNAN, fils de Louis-Marie, né à Marseille le 27 juillet 1857, rue de la Rotonde, 69, est négociant au Hâvre. Il a épousé Marie-Angélique PINGENOT, née à Martigny-lèz-Metz le 12 avril 1863. Il en a eu trois enfants :

1. Jean-JACQUES MAGNAN, né au Hâvre le 30 avril 1893, mobilisé en 1914 au 112me régiment d'artillerie, a passé un an au front de Salonique ;

2. Philippe-EMMANUEL-Albert MAGNAN, né au Hâvre le 10 juillet 1899, mobilisé la dernière année de la guerre ;

3. Marie-Thérèse-SIMONE MAGNAN, née au Hâvre le 6 mai 1896, morte le 9 août 1897.

(1) René Guerrand a eu ses six frères et un beau-frère mobilisés ; l'un d'eux a été tué à la cote 304, et un autre, grand blessé, a été interné en Allemagne et en Suisse.
Suzanne et René Guerrand ont deux fils.
(2) Yvonne et Jacques Paillette ont deux fils : Lionel, et Henry-Marc, né en 1919.

*Il convient de rapprocher des Magnan de Bayons quelques autres Magnan porteurs d'armes semblables.*

# UN BARON DE MAGNAN

 Un baron de Magnan en Provence, dans les Bouches-du-Rhône, a été signalé par feu l'abbé Rasclot, collectionneur d'ex-libris à Marseille, en 1891. Ce personnage usant d'armes analogues à celles des Magnan de Bayons a par ce fait prétendu être issu d'eux. Peut-être en était-il effectivement.

Le dessin d'armes donné par M. l'abbé Rasclot doit se lire : d'argent à trois chevrons d'azur, au chef de gueules chargé de trois étoiles d'argent.

# MAGNAN DE BORNIER

———⋅———

Une famille notable du nom de Magnan habitait La Motte-Cha-lançon dans l'arrondissement de Die en Dauphiné. Elle reconnaît pour auteur PIERRE MAGNAN, gouverneur de La Motte, écorché vif en 1575 par les Protestants, qui s'étaient emparés de la place. Voilà un beau début de généalogie.

I. Dans la première moitié du XVIII° siècle CLAUDE MAGNAN, que quatre ou cinq générations séparent de Pierre, épousa la fille du notaire de La Motte, qu'il remplaça. L'un de leurs fils lui succéda dans son office.

II. Pour un autre fils, du nom d'Abel, il fut fait peu avant la Révolution une demande d'admission aux Gardes du Corps, et l'enfant qui avait désiré être garde du corps fut plus tard capitaine aux Chasseurs d'Angoulême.

III. LÉON, fils d'Abel, fut notaire à La Motte, maire et conseiller général royaliste de la commune et du canton.

IV. ALFRED, fils de Léon, né vers 1840, fut à son tour notaire. Il est mort sans alliance en octobre 1910.

II. Un troisième fils de Claude, JEAN-FRANÇOIS-CLAUDE MAGNAN, fut en 1788 député de l'Election de Montélimar aux Etats du Dauphiné. Ensuite il fut député à l'Assemblée Législative, puis il fournit une belle carrière administrative et fut chargé par Napoléon d'organiser l'enregistrement en Hollande. J.-Fr.-Claude laissa deux fils :

Jules devint directeur de l'Enregistrement et eut une fille mariée à M. de Fleurieu, ancien secrétaire d'ambassade, chevalier de la Légion d'honneur, et Maxime-Ferdinand.

III. Maxime-Ferdinand Magnan fut conservateur des hypothèques.

IV. Octave Magnan fils de M.-Ferdinand, fut sous-inspecteur de l'Enregistrement à La Rochelle. Il laissa trois enfants : deux fils officiers et une fille mariée à M. Maubayard.

V. Le commandant Magnan, l'un de ces fils, a épousé la fille du vicomte de Bornier, le poète, et il a été autorisé par décret à joindre à son nom le nom de sa femme.

VI. Plusieurs enfants.

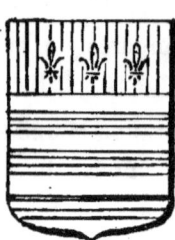

Autres rameaux ; voir la « Prise de La Motte par les Protestants », par le baron de Coston, Seux, Montélimar, 1874.

Deux dessins des armes de cette famille ont été donnés par M. Meschinet de Richemont, archiviste honoraire de la Charente-Inférieure. L'un se lit : d'argent à trois fasces d'azur et un chef de gueules chargé de trois fleurs de lys d'or. Aux étoiles près, c'est exactement les armes des Magnan de Bayons. Or dans une ordonnance compliquée comment expliquer une ressemblance aussi grande, sinon par une tradition de famille amoindrie par l'effet du temps, qui aura laissé perdre le souvenir du lieu d'origine, de la parenté et même de la noblesse, et

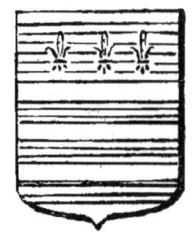

se sera réduite au seul signe sensible du blason familial ?

L'autre dessin des mêmes armes se lit : d'argent à trois fasces d'azur au chef d'azur chargé de trois fleurs de lis d'or. Il y a ici une altération plus grande des armes pleines.

## MAGNAN EN BOURGOGNE

 « La vraye et parfaite science des armoiries ou l'Indice armorial de feu maistre Louvan Geliot, advocat au Parlement de Bourgogne... augmentée par Pierre Palliot », ouvrage imprimé en 1660, volume 2, page 661, dit :

« MAGNAN (sans indication de province) : d'argent à deux fasces d'azur, au chef de gueules chargé de trois estoilles d'or. »

# MAGNAN A COGNAC

N... MAGNAN, lieutenant criminet de l'Election de Cognac, fit enregistrer ses armes en 1698 (arm. gl. La Roch. p. 340, n° 88, et Blasons color. La Roch. et Aunis, p. 285) : « d'azur à trois fasces d'argent surmontées de trois étoiles d'or rangées en chef.

ANNE MAGNAN, veuve de M. de SAINT-AULAY, écuyer, est enregistrée à côté du lieutenant criminel : ce doit être sa sœur.

Ces armes, aux étoiles près, ressemblent fort au second dessin des armes du commandant Magnan de Bornier ; et elles rappellent mieux encore une description incorrecte des armes des Magnan des Mées donnée par une note manuscrite de la Bibliothèque Nationale (pièces orig. 1791, de Magnan, n° 2), ainsi conçue : « Magnan, or, argent, az(ur)-3 fasces d'azur. — Facé arg(ent) et az(ur) de 6 pièces, au chef d'az(ur) chargé de trois estoilles d'or. S. de l'Escale et A(u)ribeau ». Et au verso : « de Magnan ».

Fascé d'argent et d'azur de six pièces, au chef d'azur chargé de trois étoiles d'or : c'est graphiquement identique à « d'azur à trois fasces d'argent surmontées de trois étoiles d'or rangées en chef ».

# INDEX DES NOMS DE FAMILLES

## A

## B

## S

## T

## V W Y

# TABLE DES MATIÈRES

# ADDITIONS ET CORRECTIONS

P. 10, en fin de page, au lieu de Masculiers, lire Masculins.

P. 15, ligne 31, au lieu de Sénévent, lire Bénévent.

P. 23, ligne 20, au lieu de de Bezaudun, lire et Bezaudun.

P. 26,       , au lieu de J. de Berluc, lire Léon de Berluc.

P. 37,       , au lieu d'Amaudic, lire Amaudric.

P. 39, in fine, au lieu de Châtelar, lire Bachelar.

P. 51, ligne 21, au lieu de Kirillis, lire Kérillis.

P. 65, 1ʳᵉ ligne, au lieu de d'Embarco, lire d'Embarbo.

P. 75,       , au lieu de Pierre Caudier, lire François Caudier.

P. 97, ligne 13, au lieu de Lydie, lire Lybie.

P. 115, à la note, ajouter : Alphonse Grandval a épousé en secondes noces à Marseille, le 30 octobre 1906 Yvonne Bouchard, fille de Constant et de Migueline de Navailles ; il en a 4 enfants.

P. 120, à la note, ajouter Jean et Henri Barthélemy, non mariés.

P. 128, note 3, après il ne reste que, ajouter : Jean Gardair, marié à Jeanne Perraud et

P. 151, Magnan à Cognac : l'argent ne doit pas paraître en pointe de l'écu.

www.ingramcontent.com/pod-product-compliance
Lightning Source LLC
Chambersburg PA
CBHW070857030726
47504CB00005B/1369